雨中桂花落

白兰华 著

四川党建期刊集团

四川民族出版社

图书在版编目（CIP）数据

雨中桂花落 / 白兰华著. -- 成都：四川民族出版社，
2017.12（2023.7重印）

ISBN 978-7-5409-7302-5

Ⅰ．①雨… Ⅱ．①白… Ⅲ．①散文集－中国－当代

Ⅳ．① I267

中国版本图书馆CIP 数据核字（2017）第306531 号

YUZHONG　GUIHUA　LUO

雨中桂花落

白兰华　著

出 版 人	泽仁扎西
责任编辑	陈　晔
责任印制	谢孟豪
出版发行	四川党建期刊集团　四川民族出版社
地　　址	四川省成都市青羊区敬业路108号
邮　　编	610091
照　　排	成都天恒仁文化传播有限责任公司
印　　刷	成都新千年印制有限公司
成品尺寸	145mm×210mm
印　　张	8
字　　数	210千
版　　次	2017年12月第1版
印　　次	2023年7月第3次印刷
书　　号	ISBN 978-7-5409-7302-5
定　　价	39.80元

在低吟浅唱里感动

——《雨中桂花落》序

邱易东

　　五年前，白兰华出版散文集《无法停止的歌唱》的时候，我为他写了题为《继续歌唱，让歌声更响亮》的序言。五年的时间不长，现在他又推出这本沉甸甸的《雨中桂花落》，这是让人高兴和意外的。五年，每一个人乃至自然和社会，都会发生巨大的变化。白兰华依然在勤奋地追寻、工作和写作，他继续歌唱的声音，是不是更加响亮了呢？

　　读《雨中桂花落》的近百篇散文，我仿佛像是进入了一条舒缓的河流，在徐徐地向前，或许有着湾流，但也波澜不惊，心情是温馨、平静的，等到掩卷，却发现有一种低吟浅唱的声音在耳畔油然而生。我回溯到这条河流的源头，才知道白兰华平淡的叙述里，蕴藏着一种叫作真切的情感力量。

　　白兰华的散文大致可以分为这样几类：对生活和人生的感悟，对童年生活的回忆和对亲情的抒写以及对社会的描写和人物纪实。白兰华在处理这些不同类别的题材时，得心应手地采用了不同的表达方式，或者诗情画意地抒发情感，或者充满深情地倾诉，或者冷峻直观地陈述事实。他在抒情达意的叙述过程中，仿佛是不经意的、随时用自己的感动和真切触动读者心弦，发出动人的音响。如《长头发的树》，勾勒了女儿和妈妈对于柳树的一组对话，把春天的情景展示出来，让人怦然心动。《春天的小屋》《山头上观星》《下着冬雪的早晨》等，都给我这样含蓄隽永的审美体验。

我很赞同白兰华的散文观："散文的本义在于求真，我崇尚率性写作，将真情实感化为涓涓细流，流向读者的内心世界。"这与我的阅读感受不谋而合。这一特点，在他的那些抒写亲情的篇什中，体现得十分突出和明显。读这一部分作品，好像不是在读文章，而是在倾听涓涓细流的诉说，而且引发读者絮絮叨叨，自言自语。像那篇《爸妈，陪我走远些》，可能是太情真意切，诉说得急切了一些，就干脆不按散文格式排列，直接一句一句、一行一行铺了下来，让人在一种短促的节律中，感受到一个赤子对父母的真挚情感。

白兰华工作之余积极投身公益事业，组织、参与了很多爱心活动。文如其人，在他的这本书里，也可以感受到他的拳拳爱心。《让我抱抱你》《你就是我的天使》《你的努力，终会开花》等纪实作品，笔触深入到社会深处，直面现实，描写底层人的命运与追求，字里行间充满了他的关切和爱心。

读《雨中桂花落》，我仿佛还听见了雨打绿叶的声音，虽然多了浅吟低唱，仍然不失明亮和优美，还有浓郁的芬芳。但或许因为过分"求真"与"率性"，集中在一起，这些作品发出的声音，还略微显得有些杂乱，不够突出与和谐，具有经典品格的作品还不太多。在我的经验中，作家的写作，在某一段时间内，主题需要有相对集中和单一，也需要找到适合自己表达的题材和门类，需要提炼和巧妙构思，才能够深入和深刻，如果太率性而为，或许在作品中有了"真"，但却可能少了"新"和"深"，从而影响和阻碍作品走向经典。

追求无止境，期待白兰华能够调整前进和努力的方向，不断突破，写出更多更好的作品。我仍然要说，继续歌唱，让歌声更加响亮！

目　录

第四辑 让我与你相依相偎

第五辑　像树一样地长高

第一辑

月光下的栀子花

春寒料峭中的白色精灵

是吹面不寒的杨柳风吹醒了你蓄积一冬的热情，是红润布满血色的阳光点醒了你绽放的灵魂，是勃发躁动的春意温暖了你冰冻的小手，是脉脉含情的目光触摸着你洁白的容颜……白梅，你终于盛开在早春二月的枝头。

虬龙般苍老的枝干并没有阻挡住你盛开的欲望，无一丝绿叶的衬托并不能掩盖你冰清玉洁的情怀，春寒料峭的日子也不能使你有所畏惧和退缩。其实，经过了严冬洗礼、冰霜考验、风雪砥砺的生命才更加朴实厚重坚韧挺拔。

白梅，这个不染世俗与尘埃的名字，镌刻在春天的版图，烙记在人们的心灵，喂养着人们的精神。晶莹剔透的花朵栖上褐色凝重的枝丫，宛如千万只蝴蝶在微风中翅羽轻扇，仿佛白色的精灵从唐诗宋词的篇章里翩然降临，使人步入冬雪的意境而遐想联翩，思绪万千。

不经历风雨怎么见彩虹，不经历挫折怎么懂执着，不经历痛苦怎么显快乐，没有哪一种美丽不付出辛劳与汗水。春寒料峭中的白色精灵，你纯洁质朴，你典雅脱俗，你用毕生的心血谱写着早春二月之歌，报告着春的消息，传递着大地春的声音！

月光下的栀子花

如果，把姣好的女子比作一朵花，我想，应该首选栀子花。

因为，桃花艳、烈、妖，来势汹汹咄咄逼人。牡丹柔、美、腻，雍容华贵、拒人千里。

而栀子花，不急不慢，不惊不诧，淡、雅、洁，不带一粒尘埃，不着一丝粉饰，朴实自然，素面朝天！

月光如洗清辉如水的夜晚，栀子花如约绽放。

在晚风的摇曳中，在露珠的亲吻下，花瓣轻轻舒展，馨香缕缕飘散。

她是美的化身，夜的精灵，夏的使者。宁静的时光里，清凉的梦境中，一腔柔情，婉转绮丽。

不选环境，不择土壤，无论在竹篱旁，还是在瓦砾中，都能恣意生长，摇曳蓬勃的幸福。

不与万物争春，不与花草媲美，就一身素洁，一念自在，率性地开放，演绎曼妙的风景。

蝴蝶栖在她耳旁喃喃自语，萤火虫绕着她翩然舞蹈，鸣蝉躲在浓荫里，为她纵情歌唱。

小时候的我，就坐在栀子树下，仰头数着星星。天边的流星坠落，开成一朵朵美丽的栀子花。

如果有一朵花儿属于自己，宁愿是那朵栀子花。在自己的季节里，努力地生长，努力地开放，不为别的，只为做最真的自己！

玫瑰花开的美丽

让皎洁的月光捎去我的祝福。薄如轻纱的月光下,你是否和我一样,仰望夜空,任思绪飞扬,让希冀和憧憬如蝴蝶花般栖上岁月的心园。

让轻柔的晚风带去我的思念。光阴荏苒,攸忽而过。以前那段情浓似酒的日子,仍像电影画面般在我面前闪现,让心灵一次次震颤,一次次触痛,令我无法释怀,无法忍受记忆的砍伐。

为你在窗前挂了一串青春的风铃。起风的时候,紫色的风铃就在喃喃自语中次第开放,漾荡起满屋的温馨。于是,我祈盼岁月再为我们构筑一座心桥。我将拂去你曾经失望的表情,紧握你的手,告诉你我不再流浪,不会让伤心的泪水打湿你的眼帘,不会让你独自在风中寂寞。

让我们再回到诺言的起点,拨响老墙深处那把瘦瘦的吉他,重燃玫瑰花开的美丽。

黄昏时刻

寒潮早早降临，薄薄的雾气慢慢升腾，向我伫立的地方袭来，渐渐蚕食我的躯体。

等待是一种耐心的体验。我注定是此时没人观望的风景。归家的鸽哨掠过头顶，不曾看看冬季的表情。

前方的路，视野里永远有吸引力。仿佛置身于另外的境界，铃声人语已变得飘然，捉摸不定急速退却。灯火的讯息传递着信念，迷人的色彩，总要到夜幕才整装登台。

很久前的那一天，当你蓦然回首，时间瞬时已将我凝固，而灵魂则挣扎出窍，迎着你前往。沿着一片坡地，选择若有若无的空灵，心中开始渴望成熟，渴望长成夕照中的峰巅。

不要寻问原因。我们不计较理由。要前行，必清扫心中羁绊，让透明的雨滴，湿润我——一颗干涸的心。

黄昏中漫步，体验宁静淡泊的心境，回味永远发亮的日子及日子中的你我。

一位女孩择路回家。

夜空弯弯月

是红月亮么？明眸的柔波里，你浅浅低吟，抚慰着悠悠前来的思绪。梦里，百合花香如故。

稻子努力成就最后的饱满。你温柔的双手触摸一季金黄的夙愿。

夜里动人的风景是明与暗的组合。含情脉脉的注视下，玲珑的院落如驯服的羔羊。

薄薄的黎明中，你依依惜别，踏上望不透的旅途。可遇不可求的氛围中，成熟乃是一种彻悟。

颂 春

迈入春的门槛，淅沥的春雨便翠绿了千家万户的庭院。我吹响一支竹笛，让悠扬的乐曲云游浅翔，随风荡漾。

春雨，是春天倍受欢迎的客人。万物，让其爱的大手轻轻抚摸，旧貌换新颜。一夜之间，苍山清秀，绿意醉人；流水叮咚有声，大地生机勃勃，春意盎然。

麦苗儿铺展一地水绿的绸缎，起伏摇曳，柔情万种。晶莹的雨珠亲吻着它们柔软的脸庞，羞答答一派妩媚。

油菜秧吸吮甘露，茁壮拔节。点点菜花照亮眸子，令人思绪万千。不久，这世界便是一座巨大的花园，万木放绿，百花争艳。

那嫩黄可人的叶芽，那层层叠叠的绿意……都沉浸在甜丝丝的春雨里，沐浴在和煦的春风中。成群的飞鸟衔着冬日久积的情感，尽情欢叫，尽情翱翔。它们从东家飞到西家，带去喜讯，带去欢愉。

我的竹笛嘹亮，为这生命中最宝贵的季节而热情谱曲。

三月春雨情依依

总在那阵风吹过的地方，春雨淅沥着对大地无尽的思念，一腔柔情濡湿了三月的天空，吻醒了嫩绿的幼芽，催开了鼓胀的花蕾。亮丽的世界里，画家的调色板被打翻了，各种色彩灵动地在舞、在飞、在流淌，在相互渗透相互洇染。偌大的画卷里，春雨的身影瘦成了相思的线条，春雨的呢喃化成了春天绵绵的情话。

总在春雨纷飞的日子，撑把雨伞出去走走。到田间阡陌，倾听庄稼拔节的声音，把自己想象成一株麦苗抑或油菜的姿态，与土地亲近，与春雨的纤手紧紧相握。在花园里俯下身子，倾听花开的声音，看脆弱的花瓣在雨露的滋润下渐渐舒展勃发，去感受生命的神奇与伟大。

鸟儿也厌倦了被窝，张开翅膀在田野间忽飞忽落，轻捷的剪影在婉转的鸣叫声中越发显得灵性而有生气。孩子们三五成群在雨地里奔跑，动听的童谣如玻璃珠散落一地。来往的人们，行色匆匆，各自奔忙着新春的希望。

一阵淋漓尽致地宣泄过后，春雨收住了情感的步伐。落日的余晖擦亮了天空迷蒙的眼睛，天地像被撕开了一个缺口，豁然变亮。几朵云团棉絮般地悬浮着，树木、庄稼像刚从水里钻出来似的，抖抖身上的水珠，大口大口地呼吸着清新的空气，小鸟站在它肩上，更加嘹亮着自己的歌喉。

　　此时，世界一派澄明，春雨躲在云层的后面，捂着嘴一个劲地笑。她说："正因为我的多情，春天才会这般的生机勃勃，诗意盎然！"

山茶花

一树葱茏，在季节的眼里，你是永远不败的风景。

山岗、坡地、篱前、院旁，悄无声息地萌发，自由自在地生长，从容淡泊，不悲不喜。

阳光里，你张开双臂，拥抱上天的恩赐，把喜悦写满脸庞。

风雨中，你昂扬头颅，聆听自然的礼赞，把幸福插满枝头。

你是春天的灯盏，点亮乍暖还寒的日子。

你是红色的旗帜，妆点五彩缤纷的四季。

谁说付出没有收获？谁说生命没有华章？

是树就要长高，是花就要盛放。

你一月又一月地酝酿，只为捎来春天的讯息。

你一季又一季地孕育，只为不负今生的使命。

山茶花开了，开得彻底，开得心醉。

在绿叶丛中浅浅低吟，在春光枝头笑意盈盈。

山茶花开了，开到极致，开到荼蘼。

在曲终人尽的夜晚整朵凋谢，在浓墨重彩的舞台悄然隐退。

你是自我的主人，不执着，不强求，让心灵自由！

你是生活的智者，不贪妄，不留念，让一切随缘！

长头发的树

妈妈，那长满长头发的是什么树？

女儿手指河边。妈妈望去，那一排高大挺拔的树确实长满长长的头发，一条条从树梢垂落下来，在微风中摇曳，韵味悠长。

妈妈说，孩子，那是春风为柳树姑娘梳理长发。

那发上星星点点的又是啥呀？

只见柳枝上嫩芽绽放，翠绿翠绿的，在明媚的阳光下闪着柔和的光芒。

妈妈说，那是眼睛。你看，一眨一眨的，多么明亮。

女儿随即也眨了眨她长长睫毛下黑葡萄似的双眼。

妈妈笑了，妈妈的心润了。

这就是一颗童心对春天的感悟！

春天的小屋

冰雪消融后的小屋，清清亮亮地泛着绿意，如楚楚动人的姑娘，陪伴我如火的青春。早春的阳光探过头来，目睹我从屋这头走向那头，像艄公摆渡，划动空白的日子。

回首的刹那，生命之初的海洋澎湃涌入我的血脉。我不安地审视串串无形的履痕，浅浅的内心有了无法言明的一些伤害。

许多故事发生在这座小屋，毫无序列地滑过我光洁的额头。我唯一的行囊，盛满春季发酵了的思绪。如果继续守候，小屋该告慰我些什么呢？唯有推开尘封的窗，让萌动的嫩芽刺穿我的视线，让颤动的心律冲击我贫乏的想象。

小屋遮护喂养着我清瘦的躯体。而我又将以什么样的情衷承接生命中又一个春天呢？

做朵美丽的向阳花

用情意温一壶酒，给你斟一杯，你一定要干。

我就坐在旁边，看着你举起酒杯。

我知道，今夜要一醉方休。

月光爬进窗口，掉进了酒杯。

围炉煮酒的时月，醉倒多少英雄豪杰。

而我们的友情，要用多少杯盏来盛装？

还是我喝一杯，你喝一杯，让过去的时光密密从心头碾过。

当年的风华正茂，昔日的壮志豪情，刻在年轮里永不褪色。

那些绮丽的梦想，那些来自心底的声音，已唤不回从前。

那些昨日的美好，那些彼此砥砺的话语，却还在唇间荡漾。

饮尽这杯酒，我们做最好的自己。

如果可以，如果能够，

我们要成为那美丽的向阳花，

在布满创痛和艰辛的生命中，

坚韧地、辉煌地绽放。

夏夜呓语

一轮弯月晶亮亮地嵌在蓝蓝的夜空，宁静、平和，带着悠悠的凉意。梦泊在湿润的港口，点点浪花亲吻堤岸，柔情地窃窃私语。

花儿已熟睡。明媚的色彩绚丽的容颜时隐时现，暗香浮动。不眠的虫子在极富诗意地鸣叫，在用人类听不懂的语言歌唱着无边的静寂与肃穆。淡淡的月光梳理我的发梢，敏锐的触觉开始疯长。

灯火渐次熄灭。乡村的一隅，我独伫成一尊无人知晓的风景。枝繁叶茂的树木，用暗影将我层层围裹，把我潮涨的思绪笼罩得稠密深浓。遥远的记忆浮出了水面，像盏盏渔火，点亮我的心灵。很想化作一只夜气浸染的红蜻蜓，飞到那些同样不眠的窗口，捎去清凉的慰藉与温馨，捎去我酒一般透明的心事。

夜已深沉，我丰盈的想象就在夏夜时空里游荡漂移，犹如轻柔的羽毛，漫天飞扬。我身披夜露，伏案窗下，就着那轮皎月，在洁白的稿纸上走笔涂抹。我如花的呓语开始点点滴滴地流淌，像千年空谷的一脉山泉，细小而执着地涌动着……

山头上观星

儿时的一个梦想，此时是否可以当真？一群二十好几的年轻小伙竟纷纷举足伸手，企盼摘一颗永远发亮、永远不破碎的星星。

童话毕竟滋养过我们，到时候我们也得走出童话，并且义无反顾。尽管我们凭借山体拔高了许多，但依然与浩渺的星空默然相对。

千百年前就已证实，我们不过是时空漏下的一粒沙子。侥幸地瞪大双眼，把头顶的世界浓缩于脑海，把魅力无穷的星星想象成衣兜中蹦跳的银豆。这究竟是人类的伟大还是自不量力呢？想必两者兼而有之吧。

星星眨着和我们类似的眼睛。星星的思维和我们一样，在遥遥相对中各自跋涉生命的旅程。只偶尔，才互相凝结思绪，默契地进行心与心的交流。

无法计数宇宙的舞台上演过多少热与冷交织的图像。我们是一群出壳不久的猛禽，尖尖的喙嘴铁一般的爪子，紧紧攀住时光的经线，与星星一同运转，阐释着生命本体的奥秘。

多想再拥有一颗星球，正如我们等待时机拥有一位今生今世共患难的伴侣。

冬日情思

天寒地冻的日子，你把自己最美最真的问候邮寄给我，让我忧郁的目光越过千山万水传向你，汲取一丝温热，编织一个暖冬的梦想。

水瘦山寒了，而你的只言片语却如春天的玉露，润泽了我破旧的梦想和其中的迷惘。云遮雾绕的季节，你给我太多回忆的线索和空空的伤感。

我就那么静静伫立在风口，任满腹的心事残落凋零。常想起生命中那段被风吹散的恋情以及逗留其中的那个柔柔的声音。我知道，所有的情节只有自己去演绎，包括那些挥不去的过往，收拾不完的心情。今夜，翻出发黄的相片，我知道又在为你难过。

多年以前的那个雨季，你的红伞再没有出现，是不是你已收拢一生的挂牵。你的身影在我脑海进进出出，飘忽不定。曾经被你靠过的双肩，已湿成了隔山隔水的思念。

窗外的雪花已开满洁白的枝丫。我摘下一朵放进行囊，让它在寒冷的冬季伴我走闯天涯。很想问你一句，你那里下雪了吗？要不要我再为你保留一片雪花……

勿忘家园

那封信在上个季节已发出，南方的风景可曾回应？一片亮丽的云彩，曾环绕在你的头顶，那是青春挥霍的时期，你踏响着每一个音符。

可你还是去了，到了一个陌生的领地。那儿有山有水还有纯朴的风情，你也学会了欣赏烤鱼的腥味，吹悠扬的竹笛。这些都不重要，你说过做人要执着，那条通往未知的堤岸太富有吸引力了。

我该怎样把思念寄给你。眷念的故土上，依旧生长美丽动人的故事。橘红色的小花年年占据我的窗台，诉说着阳光风雨的问候。你不是爱喝家乡的茶吗？一遍又一遍尝不完的滋味，你的舌尖还是当年的苦涩，当年的不堪回首。

写了一首关于你的诗。每一次朋友聚会，我都让小诗在大家的心版上发表，让朋友在阳光的午后静默体验生活。终于有一天，朋友也要离去了，说到一个我听都没听说过的地方去，只知那儿很远很远。

就剩下我一个人。日出而作，日落而息。我用汗水浇透这片菲薄的土壤，用双手去犁开板结的土地。我不忍离去，我要种好多好多的橘红色小花，开满向阳的山坡，让你们记着自己的家园。

朋友来访

　　带着一身夜气，你推开了我的房门。我把视线从书本上移开，打量着深夜造访的朋友，随即伸出了手。我知道，你也孤独。

　　认识你是那么偶然，那么需要用缘分来解释。生活把我们无情地推到同一个地方，只不过你搞管理，我从事教育，但那份现实的无奈使我们相识，成了朋友。

　　虽然我们都二十出头了，但还觉得是十七八岁，依然盛装十七八岁的情怀。看不清远方的路，既然认定，就一如既往地走下去，抑或事业，抑或爱情。晚上总是睡不着觉，总爱回忆过往，心觉后悔。明白自己曾失去很多很多的机会，原本不该那样做的事情，而头脑清醒地要一错再错。你说，你害怕一辈子那么平平淡淡、默默无闻地生活，你希望生命会有一段辉煌，即使死去，也心满意足。我微微地笑了，我何止不这样想呢？尽管生活的真谛就是那份宁静淡泊，从从容容，可我不愿那么平静，我需要辉煌，需要出人头地，需要证明自己的价值，需要蓝天上有一朵云命上我的名字。

　　随着年岁的增长，随着失意的增多，我们愈发觉得自己输不起，只想收获，不想失去。所以，我们变得沉稳老练，也变得圆滑世故。朋友，只能互相鼓鼓劲，拍拍对方肩膀喊几句"加油"，在相处时能互相汲取欢乐和友谊。

　　你说，你喜欢那首歌——《三十岁以后才明白》。我调侃道："三十岁以后也不明白，人甚至连自己的死也糊里糊涂的。"你笑了，不管怎样，毕竟你喜爱它，对吧。

　　我也告诫自己，不要那么落寞，不要那么忧郁，不要那么迫切地和自我纠缠。只管去生活，去走已认定方向的路途，不计较成功和失败。你说呢，朋友！

雨 天

太阳累了，就懒懒收起一束束光芒。

天空累了，就痛快落下一滴滴泪水。

下雨了，天地的琴弦奏响"哗啦啦"的旋律。

伞，开成了花。一朵朵、一排排、一串串，色彩斑斓的花束，流淌在大街小巷，那是城市的花朵，齐齐竞放。

树，洗起了澡。一瓢瓢、一桶桶、一柱柱，兜头而下的水流，洗去了灰尘污垢，那是自然的肌肤，闪烁亮光。

禾苗，望着天空抖落一身水珠儿，摇头晃脑扮起调皮的鬼脸。

小鸟，躲在屋檐舒展一下腿脚儿，昂首展翅冲进迷蒙的雨雾。

鸣蝉，栖上树梢轻扇几下羽翼儿，润润喉咙酝酿雨后的歌唱。

葵花，嗫着嘴唇吸吮几滴雨露儿，舒展笑脸迎接放晴的天空。

……

下雨了，我的心湿润了。

雨过了，我的心晴朗了。

彩虹，如一条长长的拱桥，一头连着你，一头连着我。

晚霞，似一幅绵延的壮锦，一边是城市，一边是乡村。

孩童，像一尾活泼的游鱼，一端是假期，一端是快乐。

我，打着赤脚在水流里奔跑，像在大海边追赶着浪花。

第二辑

寄一份温柔给你

情感的栅栏

清冷的日子，守着炉火，温暖冻得发僵的手。

你走出门扉，背影在我眸子里消失。泪水便再也忍不住了。我本是个爱哭的女孩，妈妈曾不止一次说。今天终于相信，失落苦涩的泪水无法蓄积，只有任它恣意流淌。

你给我最后的字眼，不再使我动情，无法让我遐思。只有反复念叨"离别"二字的无奈。这个季节，是无奈的季节。

我说过，我不需要什么理由。自自然然地来，自自然然地去，任美好的回忆在心中驻留。可你为何要在这个阴郁的黄昏，痛楚地诉说我不想知道的事实。你为什么要那么不相信自己，要和自卑紧紧纠缠。我是无论如何也走不出这道情感的栅栏了。

你凄凉地独行。没道声珍重，你就在我忧伤的目光里走远。我可以恨你，恨你在那个夜晚，当我孤独无助地望着倾盆大雨无法从夜大校园回家，你要羞涩地递上雨伞，送我走近灯火的窗前。恨你要讲真话，你是个孤儿，挤在打工仔的行列，永远漂泊无定。

我是多么投入地步入感情的岁月。因为你真挚，你坦率，你向命运挑战，你始终昂扬起不屈的头颅。我高傲的心开始接纳，一个游子的全部真实。

最终你又要从这个城市漂泊到另一个城市。我承认，我无法与你同行，我只有停在青苹果树下，等你有朝一日回来，告诉我，你不再流浪。

冬天很冷，我裹紧衣服，竖起衣领，望着洁白的雪花在天空飞舞。我告诉自己，不要再在冬雨里悲泣。因为我真正爱过一次，爱得无怨无悔。绵长的思念将伴我坚强，伴我成熟，伴我度过生命中脆弱的日夜。

那年的小屋

风雨中，独自走过长街，穿过小巷，来到点燃灯火的窗前。突然感觉寒冷，才知全身湿透，出走忘了带伞。

还记得那次旅行到达目的地已清月铺洒。跑了几家旅店都让失望塞满胸膛，我开始做栖身檐下的打算。我裹紧湿冷的衣服，敲响眼前陌生的门扉，想象着一张真实的面孔。最后，一个陌生的男孩邀我进屋。

你终于接纳。漂泊的心渐渐融入暂时的归宿。我握着你的手，微笑去感染这默契的氛围。暖意的空间，如狼似虎地吞咽你端来的饭菜，我说你是我的朋友。你笑了，说这是缘分。不知不觉，我模糊了双眼，脑里有许多字眼滚动，心中潮涨不息。

红色的帷幕徐徐开启，我梦见自己在追光灯的闪烁中，款款走向那方曾熟悉千万遍却从没正式登上过的舞台。掌声雷动，人生光荣的时刻，我鞠躬为观众唱起了那遥远的歌……

终于泪流，在陌生且又熟悉的屋子里，我被深深打动，内心摇撼起情感的波澜。

次日清晨，雨停，旭日开始东升。你送我出发。这片清洗过的世界里，我向你挥手，信心百倍地走向下一个驿站。

其实，这只是一次短暂的停留，我却得到了许多。那份信任，那份真情，那份人世间的宽容。

生命的旅程

生命，是一串痛苦与欢乐组成的音符。

每个人，都如负重的纤夫，在生命的旅程中踽踽独行。放飞着希望，踏实着人生。

我常伫立在落日余晖浸染的树下，遥望夕阳归去的方向，默念着我辉煌的梦想，一任孤独牵引。

人本是孤独的载体。就像太阳月亮一样，在各自的轨道上燃放光亮，陌生得如同路人。

我是天生的流浪者。一身牛仔，一双旅鞋，一副行囊，装载起满腔的思绪，在自己的旅程上日夜漂泊，找寻我的价值和应有的荣耀，收获快慰与失意，揭示生活的缘由。

世上最脆弱的动物便是人了。遥迢的旅程，希望有人做伴相互携手，却仍然形单影只一个人去走。

二十多岁的年轮，并未真正获得过什么，有的只是失败的痛心与酸涩。而唯其失败，才知奋勇向前。把生命的旅程度完，看前方还有些什么景观，在超然等待。

把心给你

芬芳的栀子树下，你的手终于伸向我，深邃的眸子如两颗闪亮的星粒，近近地、遥遥地透视过来。我不知所措，嚅动着嘴唇却不知说些什么，不知该不该把心儿放于你的掌中。

静默了的时空中，你的手慢慢缩回，失望写满你端庄秀丽的脸庞。我开始后悔，开始心怀歉意，发觉有好多话语沉重如铅地堵在了胸口。

随后的日子，雪过早降临，我的足迹在洁净的旷野上深深浅浅地写着孤单和寂寞。眺望你的窗口，依然紧锁，静寂无声。鼓起所有的勇气举手轻叩门扉，空响的回音一次次震颤我的耳膜。才知道，清绝的你已远走，像风中的云朵，已漂流异地他乡。

我呆呆地伫立雪中，泪水悄无声息地爬满了脸颊。我的心好脆弱，好伤感，仿佛一切东西都在与我擦肩而去，都在我背后急速消逝。

把心给你。一句迟到的表白终于出口，却是那般无力，被风儿一吹就散碎了一地。

等到花儿都谢了，我才把心给你。你是否还点燃窗前的灯火，将我的心收藏……

爱的玫瑰

深情的一吻，紫红的玫瑰花瓣复苏，闪闪烁烁。

带露的玫瑰丛中，你花朵般的笑颜和笑颜里咚咚跃动的心儿莅临我的梦境。书信的天使飞来，美丽地立在窗口，端庄凝神，细瞧我在爱的潮水中幸福得手足无措、语无伦次。

玫瑰终将会萎落，但带不走的是深处郁郁的馨香，是浓缩在生命中的那方绚烂天空。

珍惜玫瑰，如珍惜自己的生命。即使剩下瓣瓣缤纷，风干而成标本，那未褪的色彩仍激荡着我的灵魂。

往事斑驳走过，时空缓缓沉淀。我一直等你。皑皑白雪热成了泪流，环绕夏季的玫瑰园……

关于一段过去的故事

轻轻拂开你紧锁的眉头，你嚅动的唇却黯然合拢。我的心就碎在了一个无星无月、有淡淡风吹的夜晚。

我颠簸地踩着雪痕而行。心事沉沉坠落，找不到生根的土壤。你挥舞的手帕飘在受潮的天空。一场细雨缠绵而过，我坐在故事的中央独斟独饮。

你依旧在故园的小窗旁，梳理午后日子的斑驳光影，捻弄着发丝般柔弱的思绪。我如期走过窗前。径旁的小树已抽新芽，像我等候的双眼，期望缕缕微风的吹拂，舒展美丽的梦想。

日子缓缓铺排着一些情节。我错失了春天美丽的心情，就无法坦然接受夏日的相约。你斜倚在岁月的枝旁，静若天际的流云。

阴差阳错变得支离破碎的风景横亘眼帘。我只有深埋这段过往在心中，找寻晴朗的日子放飞。

寄一份温柔给你

你温柔的浅笑踏着和风抵达我的眼眸，耳语着三月满树盛开的痴情。银亮亮的目光洒落我全身，我拾起灼烫的音符，为你串一挂精美的青春项链。

属于我俩的日子，很美丽，充满了四季的亮色。一起黄昏漫步，一起月下倾谈，一道在书海里徜徉，一道在知识的阶梯上攀登。尽管也有飘雨的清晨，落雪的时光，我们依旧把激情和炽爱熊熊燃烧。

也许你将远行，把孤独和刻骨铭心的爱一同烙进我明天的日记，但我不会忧伤。你的问候与祝愿会如期飞临我的案头，鼓励着我去期盼美好的未来。

也许我们的结局会很平淡，犹如芳香散尽的玫瑰，留下片片花瓣随风飘零。但那共同拥有的色彩会永远鲜亮，会一辈子珍藏在生命的深处。

不管怎样，我都会心寄一份温柔给你，直到永远……

留着长发等你

留着长发等你。在每个日出的清晨，迎着满天霞光让长发飞扬，寄走几许情意悠长的诗篇，把你的名字一次次反复摹写。

留着长发等你。在每个凄迷的黄昏，在那棵茁壮而孤独的榆树下，遥望你曾经远走的方向。长长的发辫密密缠绕着源自心底的祝福与思念。我执着的目光，同流转的岁月一道，翘盼地平线那边负重的身影。

留着长发等你。在每个灯火闪耀的夜晚，我默默凝望苍穹，守候天边那颗最亮最夺目的星儿，倾诉胸中郁结的情感。如瀑的长发目睹着窗外的风景由绿转黄，由黄而枯，直至落叶沙沙，清晰有声。

留着长发等你。在冰天雪地的旷野，我乌黑的秀发栖上雪花，粉红的衣裙随风飘动。两行坚实的履痕，在通往你的路途缓缓延伸。

留着长发等你，等你兑现多年前的那句承诺，等你爱抚地盘起我的发髻，走过每一个牵手的日子……

那段日子

收拾受伤的情感。我没有向任何人告别，离开这城市登上了那趟归家的列车。月亮还挂在天边，我行走在人们的梦里，把所有故事珍藏。

季节的轮回中，肥沃的土壤哺育我瘦弱的躯体，生长出成熟的一圈圈年轮，铺洒连天的绿意。

黎明的海边。我倾听浪涛的叮咛，渐次走向博大，承接崭新的开始。凝视着碧蓝碧蓝的无垠大海，想吹一曲思乡的歌谣，给远方的母亲，想为院墙边密密丛丛的野蔷薇谱写深深的爱意，想起竹林环绕的那座小屋曾带给自己的温馨，我的双眼潮润，一片晒不干的情愫。

灿烂的晨光中，你慢慢向我走来。那段日子我们并肩走过。难以自拔的泥泞小路，痛苦地接受那份孤独。我傲然点亮夜的眼睛，记下属于青春属于自己的火热诗行。点点白帆在生命的潜流迎浪前航。那个冬季，我忽然想做一位诗人。望着窗前淡淡飘飞的雪花，欣然给自己起了一个冷冷的名字——"小冰晶"，寄走了曾经写给你的思念祝福和希冀。从此，我便一无所有，我再也没写出一首好诗。

黄昏，母亲慈祥地倚在门口，宽容地接纳暮归的流浪者。只有在外面受到伤害才会想到家的温暖，面对母亲浑浊而充满温柔的眼神，泪水涨成三月的小溪。

我重新找回自己，正视自己，努力着，踏实地生活着。我站在新的高度审视着昨天，预测着未来，充实着今天。

一个清晨，一片夏季的葱郁里，我收到一封信。你告诉我，我们当年的诗篇太晦涩、太难理解。

清月无语

　　一枚清月潜窗嵌入心湖。我立在弧形的边缘，像踩在刀刃上，一丝痛楚传遍全身，错乱了我的忧郁和感伤。

　　着满霜华的庭院，月光的脚步悄然走过。我起身追赶，身影却在背后一点点地破碎。

　　四周沉寂。此刻的我，多么希望有一个声音在遥远的天边唤我，我会循着这声音的诱惑，踱出尘封已久的日子。

　　星光眨着冷眼，透过尘埃端详我的沉默与不语。在这寂寞冷清的夜晚，我又该释放什么样的情怀呢？

　　一切都似乎冰冻了起来，保留着它们最初的容貌。只有我的脸庞在模糊，我握住莫名的思绪不知何从。好想有个下雪的清晨，出去走走，在银装素裹的天地里，将曾经发生过的故事深深掩埋……

送你远航

远方的山，远方的水，云遮雾绕。痴迷气宇轩昂的你，摆弄尚需远航的小船。

空谷的风，回旋一种永恒的声响，夜里飘至枕旁。

风雪的清晨，颤巍巍的报春花点缀寂寞的心坎，躁动喜庆的气氛。你采摘了一束，献给窗口凝望的妻子和梦中熟睡的女儿。

回首，抹去日子更改过的章页。你轻轻带门，来到正寒冷着的渡口。

汽笛尖叫着刺向寒空，行李在手中越发沉重。

猛地听见女儿的呼唤，你奔向船头。妻子抱着女儿，拼命挥手。泪眼蒙眬中，你也举起了手……

我曾用心地爱着你

静夜，一颗醒着的灵魂，被风摇撼着。我坐在你故事的中央，任由思绪起伏摇曳，沉默不语。

一些旧日的回忆如潮水般向我涌来，叩动我紧锁的心扉。那段刻骨铭心的恋情，仿佛一句美丽而苍凉的口号，一段绚丽而短促的漂流，在我生命中轻轻一晃，便随风远去了，留下我独自伤怀在整个雨季。

我曾用心地爱着你。你的笑容阳光一般流泻在灿烂温情的季节，令我怦然心动。你为我写的一首首诗篇，如金子闪亮在我的心底，让我诵读千遍万遍也意犹不尽。那时，我是你诗作中飞翔的精灵，永远翻跹在湛蓝的晴空，快乐幸福得如童话中的青鸟。

我曾用心地爱着你。无数次让思念泛滥成决堤的江水，一任我的情感追随着你的身影。我是那株才露尖尖角的新荷，在清清的河塘独伫出一片美丽。你翩然栖上我的额头，用泪水感怀我的日子。

我曾用心地爱着你，但你并没带给我所期望的承诺。流星驰过宝蓝的天幕，坠落了我们美丽的故事。我无法细数从前的岁月，我将破碎的心收藏起来，泪眼蒙眬地望着前方我还将跋涉的千山万水。

但我不会忘记，我曾用心地爱着你，很苦很累，但我一直无怨无悔。

想你如梅

想你如梅，那株寒风中傲然怒放的梅。遒劲的枝条，挺直的躯干，点染上淡黄淡黄的花儿，弥漫着韵味悠然的馨香。那么端庄，那么典雅，像你熟悉的容颜，占据着我冬日空旷的心野。

想你如梅，那株富有铮铮铁骨的梅。不畏严寒，不惧风霜，总在冰天雪地里燃放青春，痴迷我的视线，让我悟到大自然中你最贴近生命的本质。

想你如梅，在每个凄清冷漠的夜晚，在每个落拓失意的日子。你的身影像一条鞭子，敲击我日渐迟钝、麻木的心灵，促使我拾起尘封许久的梦想，在大千世界中艰难求索，去追寻冲破云雾的灿烂的阳光。

想你如梅，你已成为一种意象定格在我记忆深处。你是黑暗中那炉温热跳跃的火苗，让我拼足力气向你靠近，向你伸出坚实的臂膀。

心事如花

拥有心事，就拥有了一份美丽。

心事如花，艳艳地开在心头。温暖着孤单，聊慰着失意。就像冬夜的一炉火苗，夏日的一缕清风，营造出宽广的时空，任心灵舒缓自如，尽情飘飞。

心事如花，缤纷了青春的日记。年少的困惑与迷惘，成功与荣耀以及许多游荡的思绪，都化作柔情万千，潜入岁月的底流，装点进那本永远年轻的日记。

心事如花，灼亮了执着的眼眸。夜深人静，独对自我，铺展心事，潜心细读。每一个细节，每一点文字，都极富活力地张扬我的激情，促我奋进，令我坚强。

心事如花，盛开殷殷祝福。祝福生命，祝福青春，祝福明天，祝福爱情。祝福每个漂泊的倦旅，祝福每颗满怀喜悦的心灵。祝福你，也祝福我。

心事如花，点燃我今生今世的美丽。

月夜情怀

月光如水，拥入我长满青藤的小屋。我赤脚淌入月波，任浪花的小手抚摸着脚踝渐次向远处荡漾。

生机勃勃的原野上，遍地萤火，灿烂开放，纵情舞蹈。你的轻笑软语像晶亮的星星，跳跃在我碧蓝的心空。

翻开橘红的日记，我羞涩地写上你的名字，一笔一画，是那么认真执着。深藏于胸的那份秘密，温暖着我的心情，温暖着生命中那支永恒的歌谣。

通往你小窗的径旁，芳草萋萋，一如我茂盛繁密的思绪。我凝神谛听，你如我一样错乱的心音。我采撷一叶岁月的书签，吹响一段情缘，吹响生命极致时的美丽心情。

月光笼罩我幽深的情感，构思着生活迷人的章节。我燃亮青春的灯火，让思念潮涨潮落。

下着冬雪的早晨

飘扬而来的礼物，洁白地照亮心野。我潇潇洒洒地伫立，你的空间刹那就成温馨。

多年不逢的焦灼，裹满遗憾藏在心底。抛却这最后的一个季节吧，不料、不料一回眸就见你翩翩舞进视野，点燃我胸中堆积着的喜悦，映红脸庞，映红年轻的双手。

一直想读你，读你的不同寻常，读你的默然无语，读你一夜的阵痛诞生了这方纯洁无比、装帧绝伦的舞台。

我该扮演一个什么样的角色，才不愧对这多年的期许与等待？我该作为什么样的乐手，才能奏出天籁的奇妙？

哦，就做身旁的这棵树吧，熬尽了绿油油的枝叶，以倔强的心情迎来你柔柔的抚慰；就做土地上的稼禾，裹紧你赐予的冬被，洁白身躯，洁白灵魂。

下着冬雪的早晨，我张开双臂，拥你入怀。

黄昏的絮语

当所有的人，离开我的时候，我被静默的时光打动，我为三月菜花金黄、麦苗青青的风采而感怀。生命中那潜在的孤独感又徐徐前来，荡漾着整个黄昏。

推开窗户，那片温柔的草坪跃进我的视野。那如心胸般博大宽广的草坪，似乎在向我袒露它的真诚。这时，我的心一阵悸动。屋里音乐响起，我开始看一本书。

随着音乐的跳动，张镐哲的歌——《再回到从前》跳入心坎。"如果再回到从前，所有一切重演，我是否会明白生活重点，不怕挫折打击，没有空虚埋怨，让我看得更远……"忽地，想起以前的朋友，还有那位离去的女孩。当初，那种无忧无虑、整天笑口常开的日子已不复返，我易变的心已深感疲惫，总感觉自己的不是，要极力捕捉别人的优点来完善自己。现在，才发觉都没那么必要。有自己的生活方式，有健康积极的追求目标，我又何苦和自己过不去呢？如今，我不再为谁而把自己改变。

尘世之变太大了。昔日的好友已各奔东西，都为了心中那份渴念。若有一朝，在某个潜在的地点邂逅，感觉对方好熟但又有些许模糊，真不知该驻足询问还是毫不在意地背道而驰。

所有记得我名字的人儿，你们好不好？当云彩隐没灯火升起的时候，你发现自己内心空落而对这一天发惋惜之叹时，你是否能回头呢？我要说，不能回头，朋友！既然是过去，那就别再为过去的事情紧紧纠缠。轻装上阵，向明天迈出我们的脚步吧！希望或许在明天会实现。

音乐四处弥漫，包裹着托腮凝思的我！

春天的声音

当久违的阳光穿过厚重的云层，擦亮迷蒙的双眼，朋友，你是否听见了春天的声音？当臃肿的冬装终于脱下，心情放飞于广阔的自然，朋友，你听见了春天的声音吗？

春雷踏着强劲的鼓点破空而来，惊醒了大地沉睡的精灵。春雨挥洒细腻的柔情，滋润着大地干渴的嘴唇。春风荡漾起湖面宽阔的胸襟，撩起许多想说的话题。春光像金色的蝴蝶花，开放在每个明媚的日子。小鸟敞开嘹亮的歌喉，衔着绿色的音符飞来飞去……我们听见了春天的声音，跌跌撞撞扑进春天的怀抱，像离家许久的孩子终于见着了朝思暮想的母亲。

朋友，春天还有另外一种声音，让我们拂去心灵的尘埃，把心扉打开，一起去倾听吧！

花儿迎着黎明绽放的声音，这声音包含了多少对美丽的渴求，对生命价值的创造。那绽放的刹那，要付出多少心血与汗水啊！

新芽在阳光雨露的触摸下拱出地面或缀上枝丫的声音。这声音里蕴含着新生命诞生的几多喜悦与痛苦，它像新生儿的第一声啼哭，响亮清脆，纯真无瑕。

还有庄稼拔节的声音，那是一种成长的声音，多么急切，多么壮观。正是这种声音，使庄稼一天比一天长得高，一天比一天走向成熟。

还有人们心底呼唤的声音。呼唤春光永驻，企盼握住春光，焕发青春活力，让学习、工作、生活有一个好的开端，有一个好的发展势头。

　　天地间到处回荡着春天的声音。春天的声音，教人警醒，催人奋进，让人明白春光易逝，岁月难留，让人明白珍视现在，脚踏实地去开创未来！

爸妈，陪我走远些

农历十月二十一日，

冬阳高照，暖意融融。

父亲的生日。我却羞于表达。

一直"怠慢"着亲情，

自知自省，却还是欠缺。

曾经，把母亲的生日记错。

迟到的祝福，

母亲仍笑靥如花，一脸知足。

可我无法原谅自己，

母亲生日那天，没有儿子的祝福，她会不会难过？

父母越为我着想，我心里越愧疚。

46 岁了，他们还那般将我呵护。

每周五，父亲一定打来电话，

问周末回不回去？

我和妻子、儿子在家住一宿，父母最高兴。

乡村的黄昏，一起散步、聊天，

父母的背影温暖如初。

父母来我家，带来土地里亲手种的蔬菜，

倒掉冰箱里的剩菜剩饭，

恨不得把所有的爱溢满房间。

门卫室的保安，

总说我咋让老父帮缴物管水电气费？

我说，不让他缴，他会生气，觉得我不再需要他。

眼角湿润，我始终在父母的视线里，从未走远。

那天，父亲将自己种的蔬菜送到我家，

那天，母亲拉着我手说我晒黑了、变瘦了，

每次，父亲坚持看我的车驶远了才关上大门，

每次，母亲坚持等我打电话报平安才放下心。

我知道，我必须活得很好，做父母永远的依靠。

我知道，我必须教子成才，让父母永远有希望。

抵挡不住时光的流失，彼此相守的日子，珍惜。

抗拒不了衰老的来临，彼此相望的岁月，珍重。

爸妈，好好活着，陪我走远些，走远些。

当我老了的时候，每次回家，

还能听见你们唤儿的声音，

还能在炊烟升起的老屋里，

感受今生今世住在心里的父爱母爱！

第三辑

像小鸟一样快乐歌唱

那些美好的时光

一

读小学时最害怕课间操散时挤校门口那道门槛，门槛很高而我个子很矮，吃过摔跤的苦头后就学乖了，在一旁待着，等高年级的同学走完了我才过。

学校是个四合院，是以前大户人家的住房改建的，保留着鲜明的川西民居特征。砖木结构，小青瓦盖顶的房子，一律是木板墙、木格窗以及亮一柱的屋檐。屋檐宽敞，屋檐下的圆木柱子要两个小孩才合抱得住。柱子表面光亮，能照见人影。校门在朝东的那排房子中间，门槛很高，磨得光滑，木质纹路一清二楚。两扇朱红色的大门开启的时候沉闷有声，嘎吱作响。只要校门一关就谁也进不去了，真有点"庭院深深"的感觉。

校门口就是操场，没有围墙，一眼能望到很远的田野，还有错落有致的村庄以及田地里躬耕劳作的农人。太阳总在很远很远的地平线上升起，慢慢爬上高空，又落到了很远很远的地方，它总是默送着我们上学放学，看着我们一天天长大。

二

留守校园的是位矮墩墩、胖乎乎、性格有些古怪的老教师，她早年离异，无儿无女，把学校当成自己的家。校门边就是她的厨房，瓶瓶罐罐摆了一堆，落满灰尘，毫无光泽。她是学校的负责人，"摇铃"很特别。早晨和下午的进校铃声，她从校园内一直要摇到校外的马路上，响亮紧促，犹如行进的鼓点，让路上的学生一个劲儿地跑向学校。她不苟言笑，戴副起了很多圈儿的黑框眼镜，镜片后的眼睛眯成了一条缝，让人猜不透她在想些什么。她没有我班的课，但大家都怕她。谁在学校玩耍逗留迟迟不回家，她总要惊风火扯地大呼小叫，直到把孩子们一个个吼出校园。要是哪个迟到了，蹑手蹑脚跨大门门槛时，冷不丁她从厨房里冒出头来，一声喝令，吓得你进也不是退也不是，乖乖地站立一旁耷拉着脑袋等她训话。她特别能"攻心"，从爸爸妈妈的厚望说到老师的期许，再谈及你的前途命运以及美好的未来，让你羞愧难当，不得不痛哭流涕，不得不下决心痛改前非。

三

正对校门是老师的办公室，地上垫有厚厚的一层木板，走在上面咚咚有声。十多位老师就挤在一间屋子里办公，桌子挨桌子，椅子碰椅子。墙上挂着教具、表册什么的，门类繁多，琳琅满目。

办公室像是个"新闻发布中心"。学校事务的决定，班级学生的趣事以及周边村舍的奇闻轶事，都在办公室随时播报。更多的时候，办公室像是个"会议中心"，老师们谈论着国家大事，叙说着教学改革，商讨着教材教法，交流着教学心得……办公室具有很大磁场，把大家吸引到了一起。

四

办公室的两边，各有一株参天楠木，枝繁叶茂，高耸入云。

远远看去，像两把巨伞，遮护着古朴的校园。古树滋生灵性，校园蕴藏文脉。

高高的楠木树下，悬挂了一根长长的爬竿，晃悠着我们的心。体育课，爬竿成了男孩子们大显身手的舞台。农村的孩子，谁没爬过树、上过房、捉过鸟、掏过鸟蛋呢？只见一个个孙猴子似的顺着爬竿往上蹿，不一会儿就到达竿顶，回头向地面的同学吐着舌头，扮着鬼脸，额头的汗水划过沾满污渍的脸庞，像犁开了一条条小溪流。个别胆小的男生每遇爬竿，无异于上刀山下火海，一把鼻涕一把泪地"赶鸭子上架"。好歹抓住爬竿，却左摇右晃地坠在竿底，任助阵的同学喊破喉咙也爬上不去。老师在旁边保护着，大声指挥："手抓牢，脚夹稳，向上看，慢慢挪。"几个回合，还是克服了困难，最终笑傲竿头。

五

我没上过幼儿园，入学年龄够了就直接背起书包念起了一年级，可以说一点基础都没有。有些知识课堂上消化不了，就被老师请进办公室开小灶。尽管是一百个不情愿，但还是在老师的催促下硬着头皮来到老师桌旁。那时"笨"啊，阿拉伯数字"2"上面的"弯弯"老写不好，歪歪扭扭像蚯蚓在爬。老师替我想办法，告诉我别急，先过渡，用拼音"Z"代替。结果，不知写了多少遍的"Z"，后来才慢慢转化成"2"。

学习"进位加法"时，我又遇到了麻烦。个位上满了十，咋"寄放"在十位上就变成了"1"？老师借助木头小方块给我一次次变换、讲解，直到我终于开窍。久而久之，我还喜欢到老师的办公室去了，能得到老师的亲自辅导，我小小的心灵获得了一种虚荣与满足。

说实话，我的启蒙老师真了不起，虽然进行包班教学，工作任务很重，但她对学生平等的关爱、对后进生巧妙的点拨深深感染着我们。

六

课间休息时间和下午的课外活动，是孩子们大显身手、各显神通的绝妙舞台。校园人声鼎沸，生机盎然。

教室内，三三两两的同学围在一堆，玩木偶、吹纸画儿、挑竹签。

用线将细竹节串起来，做成"机器人"或动物造型，线穿过桌缝在下面操纵，木偶在桌面上摇头、扭身、提臀、摆胯……活灵活现。纸画是从《三国演义》《水浒》《杨家将》等小人书上剪下来的，必须人物和兵器完整。对阵的双方用嘴吹着自己的"将领"迎战，一声令下，谁的兵器击中对方人物就算赢家。"挑竹签"需要的是定力和智慧。手握一大把竹签在桌上摆齐整，突然放手，竹签"轰然"倒下，散乱一堆，然后一根根把竹签挑起来，挑的时候千万不能让下面的竹签有一丝一毫的颤动，否则就判输，易主，由另一方接着挑。竹签挑完，谁多就胜。

屋檐下，有很多女生围在一起"抓石子"。"石子"大多用玉米粒当原料，用针线将玉米粒穿在一起，小巧玲珑的。也有用货真价实的"小石子"的。姑娘们的小手随着"石子"的抛飞上下穿梭，很需要一番技巧。

操场上就更热闹了。男生滚铁环、耍陀螺、打沙包，用自制的板子打羽毛球。而跳房子、跳绳则成了女生的最爱。

我班的同学"马老三"年龄大、个头高、力气旺。他将一节碗口粗的树干削成陀螺，锥尖嵌上一颗大滚珠，结实的马达线将陀螺抽得滴溜转。他人的陀螺与之相碰，无疑以卵击石，不自量力。因了这个陀螺，他成了学校的知名人物。

跳绳更具特色。单人跳、双人跳、多人跳，花样繁多。尤其是跳"双绳"。两人配合，一手一条长绳，一左一右依次甩动，一根在空中飞，一根则刚刚落地，像交替出现的两条彩虹。两边的同学排起长队，钻进"彩虹"，跳几下又跑出来，循环往复。甩绳的速度越快跳得就越快，令人眼花缭乱。

七

过了"五一"天气就热了，学校安排学生集体睡午觉。太阳火辣辣地当空照着，空气仿佛都静止不动了。知了像是进行大合唱，激情高昂，起伏有致。

校园十分安静，连一丁点儿脚步声都清晰入耳。班主任老师在讲台上守着，等我们都睡着了，她才趴在讲桌上眯盹一会儿。

铃声一响，老师把沉睡的同学一个个摇醒，带我们到校门外的那条小溪去戏水。

小溪呈"L"型，流经学校操场就拐了个弯儿，一路向东流去。小溪旁边，有一大片竹林，绿荫匝地，清亮的溪水也着上绿意。同学们三三两两涉入浅溪，柔软的沙粒亲吻足踝，凉意顺着双脚向躯体蔓延。掬一捧银亮亮的水花洗脸，握一把水沙在岸边滴沙堆，午后的时光清新明亮。

八

学校一共十来位老师，且绝大多数都是附近村庄的民办教师。他们忙完教学还要忙家里的农活，但他们很尽职守，从没耽误过工作。

和我们同属一个生产队的杨老师，给我印象很深。每天上学，都要从她家门前经过。几个孩子常等着和杨老师一起顺着乡村阡陌走向学校。杨老师常给我们讲些做人的道理，教我们唱好听的儿歌，遇上沟坎，还要把小个子同学一一抱过去。

杨老师的丈夫在外地工作，大儿子跟随丈夫在子弟校读书，两个小的跟着她。家里年老体衰的父母需要她伺奉，几亩责任田需要她耕种，任务非常繁重。有时在校看到杨老师的裤腿还沾满泥土，衣服上还有猪食的污渍，四十多岁就花白的头发，觉得她当教师还真不容易。

放农忙假的时候，村子里的小伙伴就商量好到杨老师家去支农。

虽然人小力气不足，但能帮杨老师抱几堆麦草，扫干净院坝，扯几背篼猪草，也心满意足。好多时候说是去帮忙，结果帮的倒忙。杨老师不要我们劳顿，反而搬出家里的板凳，让我们在她家自由阅读课外书籍。那时农家孩子哪买得起课外书籍啊，杨老师家的藏书就像是座宝库，吸引我们乐此不疲地往她家跑。

九

家家户户农活很多，学校很少召开集体家长会，个别家访成了老师教学之余的主要任务。

落日的余晖中，常看见老师拖着疲惫的身体出没在农家院落。路边地头，常看见老师与家长推心置腹地交谈。由于家庭经济的原因，由于孩子自身的问题，常有辍学现象发生。老师请同学传书带信，甚至老师亲自登门拜访，做家长和学生的思想工作，一副誓不罢休的劲头。老师垫学费、义务为学生补课就成了家常便饭。所以，班主任老师对班上学生的情况了解得一清二楚，因材施教就有了得天独厚的条件。

我当值日从办公室抱作业本分发给同学，最后多出了一个没写姓名的作业本。我悄悄翻看，却是班主任老师写通知书评语的手稿。每个学生的评语占据了一页，同学与同学之间的评价各不相同又用语恰当，非常妥帖。有些地方老师改了又改，煞费苦心地斟酌考虑。刹那间，心头涌动起敬佩的情愫。

<h1 style="text-align:center">十</h1>

小学毕业考试，要到离家十多里路的乡中学参考。一早，老师就在学校等我们，到齐后，便带着我们走上村外的那条机耕道。

入夏的早晨，霞光灿烂，空气清新。绿油油的秧苗绵延天际。院落乳白色的炊烟，袅袅升起。同学们有说有笑，像出门旅行。

只有老师的表情比较凝重，因为她心里明白，今天一过，说不定有些孩子就与学校无缘。可我们全然不懂，十二岁的年龄还青涩得像枚不成熟的苹果。

这个暑假，特别漫长，像天空迟迟不肯降下夜幕。我们在焦灼地等待，等待一纸通往中学的通行证。

父母也催促着我们到老师家去问问，要知道，等待的过程，是心灵的煎熬。

八月上旬的一个上午，班主任老师头戴草帽，在几声犬吠中敲响了我家的门。我知道有戏，梦寐以求的录取通知书终于被我揽入怀中。

老师没去敲同院美美、小玉家的门，我没问，老师也没说。把老师送到路口，我心里五味杂陈，无以表述。

是一丝淡淡的忧伤，在空气中渐渐弥散。

是一缕隐隐的疼痛，在成长的年龄里凸现。

母亲陪我去感谢老师。两斤肉，一袋白糖，顺着村外的那条小河一直往上游走，就是老师的家。

三间草房，简单，干净，整洁。门前的花园里，芍药正开得艳丽。黄的、红的、紫色的，正迎着阳光微笑。

十一

夏天过完，我进入中学继续学业，周围的学伴就突然减少了。

五年的小学生活，那些无忧无虑的美好光阴落在了身后，越来越远。

我那些没进入中学的同学，开始承受早到的生活之重，像乡间遍布的野菊花，在秋日的阳光下，一年一年顽强坚韧地开放。

让我抱抱你

一

张阿姨打电话来，说想去新民福利院。这是她萌生已久的心愿。

自从那次见面，说起我帮助弥陀寺的义工筹集衣物，送给凉山困难儿童。她很感兴趣。

曾经供养敬老院老人们的衣食，自己生意都亏本了，年关难过，她还是买了300斤白糖送给老人们，甘甜老人的心窝。

曾经走三四个小时的山路，去看望困难人家。那时人民币的购买能力还很高，她二话没说，送了8000元。并答应帮她抚养小女儿。

小女孩，是她妈妈跑到外省和别的男人生下的，在家里不待见。

张阿姨把孩子带回新都，一直读到小学三年级，写得一手好字。

并且，还想方设法把孩子户口上在了一个乡镇上。

她介绍孩子的父母到台湾老板办的企业里工作，并一再叮嘱老板给予其关照。可是懒散惯了的父母无法适应厂规，不愿受"约束"，宁愿回家打一角钱的麻将。

小孩领养回来已经7岁了。小偷小摸的习惯一直无法根除。

她们帮助小孩子改正，但未成功。连小女孩自己都说，她管不住自己的手。

如果放在今天，她可以找心理咨询师帮忙，找专业机构强制改正，她可以和小女孩一起创造一个看得见的美好的未来。

可她心力交瘁，只好将小女孩送回甘愿贫穷、不思求变的她的父母家。

张阿姨至今仍对此事耿耿于怀，她无法原谅自己。

如果，再坚持一会儿，再努力一段时间，也许结局就会转变。

可她无缘等到这一天。

这是张阿姨和那小女孩的缘分，只有那么深。

我很好奇，那个小女孩的结局。

张阿姨说，亲戚距离小女孩家不远。她能断断续续获知女孩的踪迹。

15 岁，就被母亲带出去闯荡世界。后来，草草嫁人，娃娃都好大了。一样和贫穷如影相随。

坎坷曲折的身世，令人唏嘘感叹。

不管后来张阿姨事业如何成功，子女如何有出息，家庭如何幸福，她都无法忘记那个曾经收养了三年的女孩。一想起，心就疼，一阵阵地，像刀割。

她把她的歉疚弥补在平常日子的善心善行上。

二

下午阳光炽烈，都四点过了，还明晃晃的，晒得人睁不开眼睛。

张阿姨去年冬天才动过手术，还处在康复期。我很想打电话给她说改天，天气凉快点再去吧。想不到，她打电话过来说，东西买好了，现在就出发。

张阿姨、张阿姨的妹妹、我，三人驱车前往新民。

新民，是我此生经历过的地方，在人生的章节中，是重要的一段篇章。

中师毕业，我被分配到新民的一个村小任教。破败的教室房舍，简陋的办公条件，人生地不熟的我，有万般的无奈和无助。

我只有努力，才能改变自己的处境。

我上三四年级数学课，还有一些常识科目，当四年级班主任。教学任务很重，除了上课改作业，处理班务，没啥空闲时间。

让人匪夷所思的是，学校没有三年级数学教参，也没有备课教案，在互联网还没盛行的年代，我只有请教，只有死磕课本，一学期下来，学生考试成绩仍在年级组前列。

中心校的行政来听我的课，讲四年级数学相遇应用题。这是一次机会，我想，我必须全力以赴，让课堂出彩，让我的精彩留在领导的心中。

我从图画书中剪下两个可爱的卡通人物作教具，在课堂中模拟演示什么叫"相遇"，让孩子们体验"相遇"是生活当中经常会发生的事情。我现场请两个孩子在一条直线上行走，身临其境体会"相遇"，只有机缘巧合、条件充分的前提下，我们才会"相遇"，"相遇"是多么美好的一件事情。接下来，再慢慢体悟相遇应用题中的逻辑关系和数理等式。

那堂课，很成功。

就因了这堂课，我被选派到县教师进修学校参加科学骨干班培训，次年，到了新民镇上的中心校，任自然专职教师。

村小一年，我收获很多。

那是在最卑微的起点上，我像蜗牛爬行，一步步走向开阔，走向光明。

原来，那所有的委屈都是在考验我，让我跨过障碍慢慢长大。

原来，那所有的困难都是在历练我，让我努力克服渐渐成熟。

还记得在校居住的黄老师，常常在她家蹭饭，聆听她的鼓励和期许。

还记得伙食团的李师傅，中午在学校吃饭的经常只有我和另外一位年轻老师，他还是蒸饭炒菜忙得一丝不苟。

还记得那时快要退休的罗老师，满头白发了，还坚持在一线，和学生"打"成一片。

村小一年，我收获了人世间最最真诚的友谊和同事间心心相见的坦荡与质朴。

在新民，整整工作五年，18 岁到 23 岁。那是人生中最可贵的青春年华。

所以，我对新民充满感情，就像儿时的玩伴，像记忆中的故乡。

三

到达新民，夕阳正一点点收起它亮丽的光线，有些柔和，有些温情。

福利院，在新民镇场口。

如今，场口变化很大。有现代气息浓郁的商厦，还有名字取得新颖时尚的楼盘。宽敞的街面上，车辆如流，人群如梭。场口，是商贸往来的集散地，是人流来回的必经地。

那时，我们几个单身汉经常到场口上玩儿。

场口，是新民的一个码头。还因为，场口住着 L 老师和 Y 老师。下班吃了晚饭，围着小镇走一圈儿，路过场口，就在他们家喝茶聊天。夜晚，能听见小桥流水声，青蛙鼓噪声，能看见满天星斗，能感受到夜风微微的清凉。

如今，再次来到这里，尽管物非人非，但仍觉熟悉和亲切。

来到福利院，孩子们正在进晚餐。

餐厅宽敞，窗明几净。傍晚的霞光透过窗户，红晕环绕。

阿姨们为孩子舀饭添菜，安排孩子入座就餐。个子小的就把饭碗放在凳子上，坐在更矮一些的小凳上吃得津津有味。还有的自主进餐困难，阿姨一勺一勺地喂。喂一勺，等孩子吞下肚了，又接着喂。怕饭菜烫，阿姨先把勺子里的饭菜放在嘴唇边吹气，吹冷了，再喂进孩子嘴里。孩子不哭闹，静静地、眼巴巴地望着阿姨，眼神里，有太多内容。

我们的到来，会不会惊扰和影响孩子？张阿姨一直担心。

孩子们的笑脸，问候，消除了我们的一切顾虑。

"叔叔好""阿姨好"，稚嫩的童音像一颗颗滚烫的子弹，击中了我们的心灵。

想不到，阿姨们把这些孩子教化得如此有礼貌，穿着整洁干净，打扮端庄得体。

来之前，张阿姨就无数次地在脑海里设想在福利院看到孩子们的情景。有些脏，有些调皮，有些吵闹，有些放任，像草场的羊群，自由散漫、随心所欲地啃着草皮。

谁知，这些孩子就像有爹妈管教的一样，懂事，明礼，可爱。

福利院，绿树成荫，鲜花盛开。设施设备齐全，老人小孩的住宿更像是酒店式公寓。孩子活动区域的墙壁上，是爱心人士带领他们的小孩子画的图画，大都以动植物为主角，构思大胆，寓意丰富，色彩明艳，富有童趣，很有视觉冲击效果。

自从我们走进福利院的大门，来到餐厅，继而来到孩子们的休息室，一边参观一边听工作人员的介绍，心里的情愫在增加在陡涨。

感动，弥漫在夏天的傍晚。

四

去年春节前夕，我、妻子、表弟和两个侄儿到过新民福利院，为孤寡老人、孤残儿童包饺子，一起过春节。

那次活动是小草公益服务组织牵头、安和物业公司提供赞助，有众多社工和志愿者参加。

事前，我们就在家里准备好了红包，到水果批发市场买了水果。8岁的侄儿苦练二胡，要给那些同龄朋友演奏《小苹果》。

包饺子的人很多，分成若干组，秀出各自的好手艺。妻子说，有些人包的饺子真好看，似元宝，似花朵，似弯月亮，似柳叶眉。而我想说，社工和志愿者的心才最好最美。

厨房里的腾腾热气，犹如大家火热的爱心与激情。冬天不再寒冷，冬天一样春暖花开。

活动现场，妻子遇见堂弟的女朋友黄丹，正在一门心思地包饺子。一双小手上下翻飞，不肯停歇。本来人就很美，此时的她，更美。堂弟能找到如此有爱心和善心的她，是福分。

联欢活动开始了，老人和孩子们在餐厅的桌凳前团团围坐，志愿者们在中间的空地上表演节目，并现场为他们派发喜庆红包。

侄儿演奏了他的拿手曲目《小苹果》。这首红遍大江南北，走进大街小巷的歌曲，欢快，激越，有节奏感，有韵律性，朗朗上口，过目不忘。

大家跟着侄儿的节拍，一起拍手，一起合唱，气氛推向高潮。一曲罢了，他还不想退场，缠着美女主持人要再来一曲，他挠了挠后脑勺，选了一曲儿歌《两只老虎》。

福利院的孩子们笑了，张张笑脸像新开的花朵。他们，要么是孤儿，要么是弃儿，他们大都有轻重不一的残疾。如果是聪明健康的孩子，早就有人家抱养了，剩下的几乎百分之百的残障。

他们是边缘人群，他们是弱势群体，他们是人的良知触摸得到的疼痛。

曾在影视剧里，在现实生活中，目睹流浪儿、残障儿在天桥底下、在闹市旁边、在人流之中乞讨，他们褴褛的衣衫、忧伤的眼神让我的心情沉重，我除了给点零钞给点食物我别无他法爱莫能助。特别是看到那些爬行、匍匐在地上的残疾儿，我的心会疼，会痛，连呼吸都痛。

也接触过很多救助性质的公益组织，他们也只能治标不治本地尽其所能施以援助。关键还是政府要作为。

幸运的是，新都区在新民镇建起救助站，为孤残流浪儿童撑起晴空，为他们营造温馨家园。在这里，他们不再孤单。在这里，他们不再流浪。曾经居无定所、忍饥挨饿、四处流浪的日子一去不复返。

五

在休息室，阿姨们一边照看着孩子，一边和我们聊天。

福利院还有三个婴幼儿。阿姨把其中两个放在竹椅里坐着，把另外一个抱在怀里。三个孩子都患脑瘫，按照时间推算，可能都超过一岁了，可他们还无法行走，看起来像只有四五个月的样子。其中两个一直在哭闹，阿姨一直在呵护。没哭闹的那个小男孩长得白胖胖的，很安静，坐在竹椅里，小手摸这摸那，招人喜欢。"那么乖的孩子，怎么没人家来领养呢？""收养人养了他七个月，发现他是睁眼瞎，在医院治疗了很长时间，用了三万元，无望了，就被送回来了。哎。"一声叹息，犹如石子落在宁静的心湖。我抚摸孩子的脸蛋，小孩抓住我的手，嘴角一咧，绽开笑容。那笑容，无声，却动人，犹如蓄势已久的花蕾，终于等来了开放。

一群孩子围着我们。那个瘦弱的、患自闭症的小女孩，拉着我的手，来到堆放玩具的角落。我拿皮球，她摇头。我拿"火车"，她摇头。我拿玩具枪，她仍然摇头。我从她的面孔她的眼神看不出任何的需求。我只有张开双臂，抱抱她。其他的小孩也跑过来，要我抱抱。我满含热泪，一一抱起小孩，并旋转几圈儿，我终于听见笑声，像银铃呼啦啦散开。

屋子的半空中，还悬挂着彩丝带，银白色、玫瑰红、金黄色、粉红色的丝线在头顶纵横交织，织成一个硕大的花篮。我抱起自闭症女孩，她指向丝带，我把她抱高，她的手够着了丝带，她扯下几丝，在手心里慢慢抚摸。

张阿姨正在统计孩子的姓名、性别、年龄、身高。她一个个地询问，一个个测量，生怕漏掉什么。她和妹妹要给每位孩子做套夏衣。

工作人员一个劲地感谢。其实，应该感谢的是福利院的这些阿姨们，她们不嫌弃，不抛弃，用颗颗无私的爱心去温暖孩子幼小的心灵。爱，一直都在。

我见到了那个17岁的女孩，张蓉。在阿姨的介绍中，我记忆的经线终于接通。

那是一个异常悲惨的故事，一个悬而未决的疑案。张蓉还在襁褓中时，家人中毒死了四人。因她吃了母亲的奶，大脑受损，患了智障。我在竹友小学教书时，她在那儿上一年级，由唯一存活下来的爷爷抚养。如今，爷爷离世，她孤苦一人，被政府安排到了福利院。阿姨说，她来了不到三个月。

她一直坐在窗户边的塑料凳上，表情木然，沉默无语，仿佛周围的一切，都与她无关。

17年来，我不知道她有没有欢乐，有没有笑声，有没有属于自己的梦想？

她真的无辜。是谁毁了她的一生？来到这个世界，就背负着沉沉的壳。

看着她在发呆，我真的不忍惊扰她。

六

打道回府的路上，我们都没咋说话，心里堵。

太阳红彤彤地悬在地平线上，天光渐渐暗了下来。田野里的秧苗滴着青翠，吐着水气，凉意一点点冒上来。

村庄，院落点缀其间。依稀可见袅袅升起的炊烟，荷锄归来的农人。乡村，开始幽静，甜蜜。

约好下次再去，带上新衣，带去我们微不足道的帮助。张阿姨说，一定要记得，再抱抱那个自闭症女孩！

我在心里祈祷，孩子们，平安！

那年，我的教科书没了

童年时，我有失去教科书的经历，上课时犹如色彩之于盲人，声音之于聋子，我感到惶恐与无助。

二年级下期，一个艳阳高照的中午，我放学回家，带着弟弟在竹林里玩耍。绿荫如盖的竹林里，幽凉如水，一阵阵风卷着竹叶，沙沙有声，像是叶片的呢喃。蝉声嘹亮，一浪高过一浪。蝉蜕裹着泥沙，依附在树干上，轻轻一碰，就落了下来，成了我们的玩具。蜻蜓，悄无声息地飞来飞去，薄如细纱的羽翼轻轻扇着，在透进竹林的光线中明亮地闪耀着。蜗牛，在濡湿的草叶间慢慢爬着，静默，悠然。多么有趣的竹林啊！

毫无征兆，仿佛眨眼间厄运就来临。"起火了，救火啦！"隔壁人声鼎沸，惊慌一片。火魔很快蹿上房顶，噼里啪啦的响声四处跳跃。我牵着弟弟跑到田角边，号啕大哭。仅仅一刻钟时间，一座偌大的四合院化为废墟。

爸妈忙于扑火，家里什么东西也没抢救出来。家，在哪里？那些残垣断壁，触痛我的眼睛。

第二天，我在爸妈的再三劝说下空手来到学校。从此，沾同桌的光，借他的课本看，维持着学业。

没了教科书，上课就得专心致志，努力捕捉老师的话语，把一些要点准确无误地记下来，便于课后分析揣摩。做习题就得和同桌分享一本教科书，有时没讨好同桌，他还把书遮遮掩掩的，看个习题都得频频起立。放晚学，我都得候在办公室，等老师忙完了我去借回教科书，回家慢慢消化当天所学知识，趁机预习次日所学内容，避免上课听"天书"。

那时，除了学习，我就是回家带弟弟妹妹，割猪草，切菜煮饭。还有一项重要事情就是把家里炒的胡豆、豌豆给同桌带上一把，和他搞好关系，让他对我慷慨点。

那个年代，教科书很奇缺，不容易买到。想借上个年级同学用过的吧，好多都因家庭困难，一放假就当废品卖了。我因此将就着度过了半个学期。心想，如果下次发新书，我一定好好珍惜，用报纸给书做个封皮。

真的想不到，以后我又犯个错误，一个纯粹可以避免的低级错误。

三年级时，我下午放学回家在条凳上写语文作业。邻院的一位叔叔结婚请吃饭，我书本都没收拾就去了。等我回家一看，傻眼了。家里猪妈妈生的一群猪仔跑出来，拱翻凳子把书本当玩具踩踏撕咬。我猪口夺书，眼泪一下子就流下来了。

母亲用湿抹布小心翼翼地擦干净书页，一篇篇理整齐，将碎了的纸张一页页粘好。庆幸，还像本书。只是有两三页正要学的内容破损严重，无法复原，母亲用白纸代替，叮嘱我到学校借同学的书来抄写上。

冷汗吓了一身，无教科书可看的那段经历太刻骨铭心了。还好，有惊无险，我的教科书终于在谆谆母爱中复原如初。

从此，再也不敢疏忽大意。连教科书都保管不好的孩子还能好好学习吗？

所以，后来学《珍贵的教科书》一文，老师声情并茂的讲解让我热泪盈眶。虽然我们已远离那个革命战争年代，但教科书的那种"珍贵"让我感同身受。至今，印象很深，无法抹去！

小时候的我好想长大

偶尔听到陈楚生的歌《不想长大》，我的心像被针刺了一样的疼。陈楚生很幸福，可以坐在爸爸肩头撒娇，可以看着爸爸变幻熟悉的魔方，可以在爸爸的无限疼爱中慢慢长大。可我的父爱呢？当到了不惑之年，自己儿子都十多岁了时，我才来追问这件事，是不是有些多余，是不是已没有这个必要？

那天父亲来我家，因为祖母住院的事情，加之身体感冒，他心情不怎么好。饭桌上，母亲问起祖母医疗费用的事，父亲太过敏感，就和母亲吵起来。你一句，我一句，东拉西扯一大堆，谁也没争出输赢，还落得一肚子气。父亲为祖母垫付医疗费一事，本就该和母亲商量，事后母亲的询问也在理，凭啥父亲要武断专横大发雷霆？父亲几弟兄关系闹得较僵，他作为老大挑起重担责无旁贷，为啥祖母的医疗费要他一人承担，其他人稳起，如果平摊还得他一家一家去要。父亲为家族做太多事情的同时也得罪了很多人，有谁念着他的好？

每次争吵，都是父亲点起导火索，吵闹一阵后父亲出门躲避，母亲则还一个劲儿地数落。看尽人情冷暖、阅尽世态炎凉的父母吵起架来总也听不进劝说，往往都是他们吵累了就自动停战了。还好，子女长大成家后他们吵架的次数终于少些了。

记忆中，我就在父母无休止的吵闹中慢慢长大。年轻时，父亲懒散，到处坐店子打牌，不理家事，三个娃儿全由母亲照料。幼小的我从医院看病回来路经家门口，父亲执意要抱我回家，可我倔强着要到前面不远处的外婆家去。母亲一下子就流泪了，对父亲说，我们再也不要吵架了好不好，儿子路过家门都不回来了。妹妹生病瘫软在母亲手里，父亲却还在外打牌。邻居都劝说把仅剩一口呀呀气的妹妹丢弃了，要强的母亲坚决不抛弃不放弃，用了很多民间土方，把妹妹拖出了鬼门关，给了死神一记响亮的耳光。只有弟弟出生后，父亲照顾得多些。那是因为母亲念着父亲的残疾，自己做了绝育手术，因医疗条件的落后，母亲伤口感染留下病根。看在三个孩子的份上，母亲再怎么和父亲吵闹，都没有嫌弃过我们，她的信念是把孩子养大有出息了自己的苦日子就熬出头了。

由于双方都是最早组建家庭的，父母无法周济，唯一只有靠自己。母亲认命但不顺命，她要通过自己的勤劳改变命运。家里家外，母亲是持家好手。可就是这样一位勤快能干的媳妇，祖父母还是有意见。一方面嫌弃人有残疾子女又多的大儿一家，一方面遇到弟弟妹妹的婚事父母又要摊派，叫你帮着出这出那。分家时只有一间土砖房连一颗米都没有的母亲坚决不同意，夹在中间的父亲无法拂逆父母的想法，就只有在母亲面前出气，常把母亲打得鼻青脸肿。母亲奋起抗争后为了成一家人还是忍气吞声。那时，外婆家人都找过祖母、父亲理论，结局都是劝和，可父亲的怪毛病就没有改过。

自从 20 世纪 80 年代中期，父亲有了比较固定的工作，责任田的重活几乎没怎么过问，家里大小事情都是母亲张罗。可就是这样，父亲还武断地说家里钱是他一人挣的，母亲没有过问的权利。有一次在我家里，父母因事争吵，吵到最后父亲竟扬言要把母亲抱起从窗户扔出去。这极大地伤害了子女的心。我与父亲据理力争，讲到了几十年母亲为子女为家庭默默地付出，讲到了母亲四次手术绝处逢生的不易，讲到了母亲在整个家族中受到的屈辱与不公，讲着讲着我流泪了，父亲却沉默了。

记得我读中学时家里修建三间平房，砖石、水泥、沙子等建筑材料是我和母亲用鸡公车一车一车推回家的。为了抬高地基，母亲在自留地里挖了一个鱼塘取土，房子建好后，又从河沟里挖土填了那个鱼塘。为节省钱建房，大冬天的，母亲哆嗦着在厨房里烧火煮饭，我询问半天，才知母亲还没穿秋裤，不是不穿，而是没有买。母亲说过段时间再说。我默然，过段时间是好久啊。我用读书的零花钱为母亲买了条红色的秋裤，因质量欠佳，老褪色，但母亲很满足。星期天在家，我成了母亲的好帮手，家里的力气活我迎头而上。浇菜、插秧、打谷，我咬着牙关坚持着，我多做点母亲就少做点。一年到头，母亲还要喂肥几头肉猪卖了贴补家用。父亲，这许多的苦与累，你为母亲分担了多少呢？父亲，你说钱是你挣的，家里的这些琐事就可以忽略吗？母亲的功劳还有没有？淡漠了亲情，难道你和钱生活不成？

对子女的成长，父亲，你尽了全力吗？我的学习，父母几乎没有过问。都到了初三，父亲看到我跳出"农门"有望，去参加毕业班家长会。整个中学阶段（除去住校的那段时间），我每天早出晚归，奔波在十多里的求学路上，没叫过一声苦和累，我以读书为乐，以学习为趣。我想，只有读书，我才能走出农村，才能有出息，才能让母亲过上扬眉吐气的好日子。就连有次我因为沉浸在书本中而忘了母亲交办的事情，母亲气愤地将书丢进炉灶。我大哭一场，没有记恨母亲，我知道母亲心底的苦，就将那些无处发泄的怒火发泄到我身上吧，发泄了，母亲的心里要好受些。我的跳出农门，大多是靠我的自觉，我想当医生，是为救治母亲的痛苦。想不到我竟读了师范，从事教师这份职业。

妹妹小时读书成绩就不怎么理想，父母几乎没过问过，任其自由发展。我有时帮她看看作业，却不得要领。小学毕业就无缘升学了。还好，几经周折，妹妹找到了爱她的人，过着平淡而普通的生活。外甥从读学前班开始就跟着我们，有个好的学习环境，有懂教育的我们照看着，期望他能成才。

弟弟一直是父母心头的一个结。小时不管好，大了怎么个管法。弟弟的变化发生在初二，是青春期的逆变。为啥四姨父和四姨妈不管对父亲怎么的好，父亲都在心理上不认同。因为那时四姨父在省城火车站兜售墨镜。说是兜售墨镜其实就是他们这些商贩结成一伙，有强卖之嫌。都说火车站是个大染缸，三教九流鱼龙混杂。偏偏父亲同意放假在家的弟弟跟四姨父去卖墨镜。耳濡目染一些恶习，弟弟变了，和社会上的人裹在了一起。等我们发觉，好多事情都来不及挽回了。于是辍学，开始晚上不回家，开始流连于一些灯红酒绿的场所，开始了江湖中的打打杀杀，一切的一切，我们始料不及。弟弟走上了岔路，在其生命中扮演最重的角色应该是父亲，父亲责无旁贷。可父亲费尽心机的挽救还是于事无补无能为力。那些年，父母全部的生活重心都是为了弟弟。弟弟肇事，赔偿时父亲挺身而出。弟弟夜不归宿，母亲身披月色四处寻找。弟弟入狱，父亲卑躬屈膝找人托关系，每个月我陪母亲转几道车去劳改农场看望他。弟弟出狱，又涉入江湖，与人发生口角，受到伤害在医院抢救了几天几夜没能醒过来。弟弟不幸过世后，又是劳神费力和对方打官司，一审死刑，二审死缓。父亲说，弟弟是来收债的，是我们上辈子欠他的。可十多年过去了，父亲还对弟弟的死耿耿于怀。所以，平常日子我们都尽量不提此事，触及他，父母的心会疼许久。

因此，我理解父母。尽管他们在我和妹妹身上用的心思很少，我体谅他们当时的处境。很多事情，我和妻子咬咬牙扛扛就挺过去了，不给父母增添麻烦。但我不能容忍一切境遇都好转了的时候，父亲还是那样对待母亲，忽视母亲。

所以，当听到陈楚生的歌《不想长大》时，我好羡慕他不想长大，因为不长大就可以永远沉浸在父母的关爱里，沐浴在家庭的温暖中。要知道，小时候的我是多么想长大啊，长大了我就可以独立，我就可以给苦命的母亲依靠，我就可以在沉默中把对父亲的不满骄傲地写在脸上，我就可以给那些给过我家屈辱的人一记有力的回击。可是长大了的我，反而觉得年少时的想法是多么幼稚，以往那些认为不得了的事情都在岁月的烟尘中变得渺小而模糊。

父亲，原谅我的偏激与狂妄。我还是爱你，你还是有那么多优秀的品质遗传给了我，让我终生受用。

谢谢父亲母亲，谢谢你们给予了我生命，给予我长大的机会。我回报你们的，比起你们的付出少之又少。写下上述文字，我只是为自己成长中的遭遇找到一个发泄的出口。不为别的，是为了那份源于血缘的爱！

外婆家，生长幸福

童年大部分时光，在外婆家度过。

外婆家在古旧四合院的一角。木板墙、木格窗、亮一柱的屋檐、灰色的瓦脊，在蒙蒙烟雨里，静谧、潮湿。

几只灰色鸽子，从方形的天空飞落下来，梭巡会儿，啄几粒食儿，又腾起翅膀飞向房顶。

空气，湿润，清新，带着甜丝丝的味道。

阶前的苍苔已绿，一层层，细腻柔软。小草拱出泥土，嫩嫩的，轻轻摇晃。檐角的蜘蛛，停在了网的中央。

外婆家门前，有一泥土垒就的花台。简陋，充满生机。

平淡的日子，花花草草就点缀出一派美丽。

花台中央那株山茶，有些年龄，依然勃发。饱胀的花骨朵裂开了嘴，花瓣的红隐隐而现。

迎春花绽开了笑脸，鹅黄的碎花儿在枝条缠绕，像女孩的麻花辫。

吊脚海棠摇响了风铃，红红的，艳艳的，回响在悠闲的午后。

叶声花语、风吟雨诉，春光的脚步慢得像蜗牛。

隔壁的女孩唱《马兰花》，跳皮筋。两根柱子间，皮筋在长高。女孩的辫子一甩一甩的，似柳枝，拂过午后散漫的时光。

门帘轻垂，外婆午睡。

我跑上前，手指竖在唇间，示意女孩小声些，别惊扰了外婆。

外婆本该有粽子似的三寸金莲，是她开明的父亲把缠绕在她脚上的长长的布条割断，给了她脚的自由。

外婆拥有一头乌亮的长发，垂过腰际。洗发时，发丝在清澈温润的水里散开，像水墨画。外婆的秀发盘成了发髻，一根银簪，闪闪发亮。

外婆不识字，但会持家。一家老小的生活，打理得井井有条。

在外婆家，我成了贵宾，享有特权。小姨啥事都让着我，帮衬着我。发生口角，外婆总是先把小姨训一顿，然后揽我入怀轻声安慰，我感到无比的满足与荣耀。

那是粮食奇缺的年代，外婆却变着法子给我弄好吃的。

不喜欢吃稀饭中的面疙瘩，外婆就把面疙瘩挑出来，为我盛一碗浓稠的稀饭。

为增加营养，外婆用纱布裹一团米和稀粥同煮，让我能吃上一碗干饭。饭真香，小姨在一旁目不转睛地盯着我。我像做了亏心事，脸红到了耳根。

学校就在外婆家所在的生产队，很近，上课铃声都清晰入耳。

每天盼着放晚学的铃声响起，因为家里充满惊喜和期待。

下午，外婆要煮一大锅猪食，用长柄勺子翻搅猪食十分费力，热气蒸腾使外婆满脸是汗，夏天更是如处蒸笼。外婆不言苦累，一年喂几头肉猪，一点点积聚着财富。

煮猪食很费柴火。猪食起锅，利用余温都能烧一锅热水。外婆常将毛芋头、土豆、红苕埋在灶膛的柴灰里，让它们慢慢变熟。

我和小姨放学回家撂下书包，奔向厨房，握起火钳，迫不及待地掏灶膛里神秘的宝贝。

我常和小姨打赌，猜外婆在灶膛里烧烤了啥。谁赌输了，就将食物分给对方一半。我输了，小姨总不要我兑现诺言。我赢了，小姨执意把食物往我手里塞。外婆偶尔煮两个咸鸭蛋，放在碗柜里。当我们脸上写满失望时，外婆变戏法似的拿出咸蛋，我砸吧着嘴，险些口水没流下来。

童年，我就在那些惊喜与期待里，急急跑向外婆的家。

童年，我就在外婆的关心呵护下，无忧无虑快乐成长。

因此，童年变得五彩斑斓，童年变得瑰丽无比。

那些美丽的花，那些难忘的事，那些刻骨的情，镌刻在心底，随岁月一起蓬勃、幸福！

那些记忆，不曾丢失

还记得小时候的梦想。

就像玻璃弹珠遗落在了草丛，晶亮亮地睁着眼睛，等着我们去想起。

那时的梦想很简单。

除夕夜的压岁钱，就放在枕边，伴随着我们甜甜的梦境。

初一的新衣裤新鞋子，在我们爽朗的笑声中泛起暖暖的阳光。

冲天炮"嗖"的一声飞向高空，在我们期待的眼神中突然炸响。

"咚咚"的巴郎鼓声中，我们摇出了新年的喜庆与欢乐。

各式各样的风筝，把一颗颗童心捎到了白云上面。

……

那时是实实在在快乐。

可以去赶火把场，在摩肩接踵的人群中，在花花绿绿的店铺里，我们像条小鱼，自由自在地游弋。

可以守着留到过年才拿出来的一大堆农家土特产，反复咀嚼新年幸福的味道。

可以跟着大人四处拜年，享受主家的尊重和客人的礼遇。

可以和小朋友玩各式花样的游戏，不必担心父母的阻拦。

可以自由分配自己的压岁钱，买回心仪已久的那件宝贝。

……

小时候，没有精美的巧克力，但有玻璃糖纸包着的水果糖，含在嘴里，要甜很久。

小时候，没有先进的遥控玩具，但有神奇的魔方，在小小的手中，变幻出童年的美丽。

小时候，没有引人入胜的动画片，但有朗朗上口的儿歌和童谣。

小时候，没有麦当劳德克士，但有软软的棉花糖、蓬松的爆米花。

小时候，每个孩子都有梦想，都有憧憬。

那盒尘封的玻璃弹珠，我还珍藏着，犹如一枚时光的碎片，闪耀着年少时的身影。

那些读过的课本，还在书柜里静静待着，偶尔翻翻，会想起我以前的样子以及被老师留下补课的情景。

那些从小人书上剪下的纸画儿，还躲在某本书的内页，平平整整的没沾上一点尘埃。

那些封皮已磨损得无法看清原样的日记本，贴上不干胶的画片，歪歪扭扭的字迹像是还没长大的自己。

一直庆幸，这些珍贵的记忆，在岁月的长河里不曾丢失！

一直感激，这些细微的琐碎，在平常的日子里依然闪亮！

谁都经历过懵懂的童年，谁都曾握住菁菁的年华，但是，又有多少人还保留着那份清澈与纯真？

长大是件理所当然的事情，但是，长大了，好多美好的东西就走失了。

那些梦想，那些感动，那些忽远忽近的感情，却还在心底，一直温暖着我们！

谢谢你陪我长大

他打电话来，说几个老同学久未谋面，约着聚聚。

于是，昔日住在绿浪翻滚稻花飘香的锦水河两岸，如今各自纷飞各自忙碌的几位同学像听到了行军号角，向着目的地进发。

既是童年玩伴，又是小学同窗，情谊深厚，弥足珍贵。每一次聚会，都是对青葱岁月的缅怀。每一次恳谈，都是对成长旅途的感念。

人生，其实就像村子里的那条大河，一路向东，日夜不息地歌唱，奔流。许多故事经过河流的孕育、滋润，变得铭心且刻骨！

还记得吗？河两岸丛生的巴茅，夏天抽叶，秋天开花。暑假的我们，成了敞放的牛羊，四处游荡，无拘无束。捉住秧田里的茄猫儿（一种类似于癞蛤蟆、青蛙的两栖动物），往地上狠摔，摔到不再动弹。任由烈日暴晒茄猫儿，晒得发黑变臭，越臭越好。将它们依次拴在麻绳上作诱饵，我们躲在茂盛的巴茅丛里钓螃蟹。螃蟹是"重口味"，经不住诱惑，死死钳住茄猫儿，被我们拖出水面，成了我们的战利品。把螃蟹的四只钳子卸下，用菜油烹炸，撒上花椒盐粒，那香味就往四面八方钻，馋得我们直流口水。

还记得吗？秋天，巴茅花白扑扑一片，随风摇曳，闪着光芒。像牛尾巴，似鸡毛掸，直直地雄立枝梢头，担负着传递秋天信号的重任。我们把巴茅花连着茎秆抽取出来，分成小组，"华山论剑""杀声震天"，花絮飞散，一地狼藉。没有胜负，没有高下，只有欢声笑语，在收割后的空旷田野里飘荡。尚在腹中未见天日的嫩巴茅花，还白中带青，怯怯地缩着身子。将之一缕缕送进嘴里，柔滑、甘甜，流在嘴角的汁液带着绿色。吃巴茅花，对身体有没有害处，我们不知道也无从去考究。但会流鼻血是千真万确的。殷红的血液顺着鼻孔一滴滴往下落，甚至能听见血点打在地上的声音。用冷水拍打后颈窝，把陈艾卷成筒塞进鼻孔，抬头仰望天空，血液就回到了体内，不再溜出来惊吓我们。

还记得吗？唐华幺的死，也许大家都没忘，藏在心底，谁也不说。早晨，秧田里薄雾蒸腾，一圈一圈的像绸带缠绕着村庄。小伙伴又聚拢来，邀邀约约到河边钓螃蟹。河水已涨，浑黄湍急。低处的巴茅叶在水面上哗啦哗啦地响。闲得发慌之际，不知谁惊呼了一声，我兜里还有五毛钱。于是，商议着去附近的幺店子买炒胡豆。唐华幺自告奋勇留下来守钓竿，其余人簇拥着主角出发。等返回，却不见了唐华幺人影，连喊几声无人应答。只见岸边的青草折断压平了一槽，像从高处坐梭梭板滑向低处，而低处就是汹涌的河水。大家感到恐慌，有的喊救人，有的跑回家报信。结果，四面八方的人涌来，同生产队的几个壮汉下河打捞，结果一无所获。都过了几天，唐华幺才在下游电站的栅栏处浮出水面。

很想去看看玩伴儿，大人不准。听说唐华幺的颈部瘀青了一圈，像被人掐了脖子。他家人报了案，公安就地尸检，无异常，就在河边挖个坑埋掉了。

从此，父母不准我再到河边耍，更不允许下河游水。逮着一次要往死里揍。因此，至今我还是"旱鸭子"，不识水性。他们都说我枉自在大河边枕着水声入眠听着涛声长大。

其实父母的想法是对的。那年月，特别是暑假，河里经常淹死人，呼天抢地的恸哭声揪着人心，连过往的风都带着凄厉的声响。

父母只求我们平安长大。

记得唐华幺被淹死的那晚，我家院坝里似乎响起他打光脚板的噼噼啪啪的声音，就像我们白天那样自由自在地在坝子里奔跑，耳旁的风呼呼吹着，孩童的笑声无忧无虑回响在天外。我静静躺在床上，如水的月光透过窗户倾泻而下，它一定瞧见了我充盈的泪水，流过嘴角，浸没在枕畔。

唐华幺，你在哪里？就那么十多分钟的时间，你会走到哪儿去呢？我真的不相信他会淹死，活泼泼的还没长大的生命咋会说没就没了呢？

这是第一次目睹生命的消散。尽管年幼的我们还不懂得生与死的意义，更不能洞察生命的脆弱与世事的无常，甚至还来不及思量，来不及害怕。

那个暑假后，村子里的小伙伴就陆陆续续被穿起"牛鼻子"，背起书包进了学堂。做了学生的我们，开始了安静，开始了本分，开始了从蒙昧走向文明。继而有那么一天，我们从农村走向城市，像被风吹进城市的一粒种子，开始在某个角落，生根、发芽、开花。

多年了，大家仍忘不了村子里的那条大河以及发生在河边的那些故事。有些故事，温馨，感人。有些故事，却犹如扎在肉里的小刺，不管它不疼，真要把它取出来，就疼得要命。

农村长大的孩子，有些野蛮，有些顽劣。成长，多多少少伴随着伤害。有些，伤自己。有些，却伤了别人。

你掏过鸟蛋吗？你难道没看见归家的鸟雀在竹林上空凄厉鸣叫、上下翻飞吗？

你捉过青蛙吗？你难道不知道青蛙是庄稼的卫士是人类的好朋友吗？

你一定和我一样，捕蜻蜓，逮泥鳅，戽鱼，逗蚂蚁，剐黄鳝……

　　好多生灵成了我们取乐的手段，进而成了我们盘中的美餐。

　　真的对不起。

　　长大了的我们，开始醒悟，开始忏悔。

　　其实，在人的成长中，充满了许多需要感激的人和事。是他们的教诲，是他们的陪伴，是他们的启示，是他们的引领，让我们风雨兼程，不断成长与成熟！

雨中桂花落

下了一夜的雨，没停住，早上还在下。

空气清新，湿润的气息里，桂花馥郁的馨香传来，像蹦蹦跳跳的小孩，扑进窗口伫立的我的怀抱，我禁不住一个趔趄。

一场秋雨一场寒。雨滴飘进来，打在脸上，落在手臂，些许的清凉。

我想，雨中的桂花会不会吹落？吹落时有没有声音？甚至，那声音，是欢快还是叹息？

我不明白，短暂的一场花期，为何就和秋雨时刻相随？你可知道，几场秋雨落过，那花的灵魂，就飞远了，无踪迹了。

其实，桂花的色香味，在秋雨里会更显纯粹和干净。

那些纯白、乳白、月白、黄白，那些乳黄、柠檬黄、橙黄、金黄，那些橙红、朱红、酡红、酒红的花朵，层次分明，色彩斑斓，在雨丝里，晶莹剔透得像是活泼的精灵，在密密的枝丫上窃窃私语，轻吟浅唱。只要你闭目，静心，凝神，就会捕捉到枝头的盛世繁华，就会感受到生命盛放时的动魄惊心。

那些若有若无地飘荡、却又实实在在环绕自己周遭的芬芳，总是在雨幕里随意游走，似森林王国里调皮的小鹿，跌跌撞撞，肆无忌惮，东瞅瞅西嗅嗅，对一切事物都感到好奇，欲罢不能。那芬芳，不浓烈，不张扬，淡淡地像村庄上空的炊烟，缥缈，无痕，即使散尽，那形那态还在眼里心里，无法抹去。

那些软软甜甜糯酒甘香的味道，似乎混合着草叶的清香，混合着泉流的甘甜，似乎带着妈妈身上爱的味道，还有小孩子对大人的那种依恋，那种对熟悉味道经久不息的记忆。

小时候，我常站在翁郁花树下，凝望那点点繁星。我成了仰望星空的孤独小孩，繁花萤火虫似的在我眼前飞舞，好像有无数盏迷你灯，充满希望满载生机地蓬勃亮着、闪着。桂香织就的时光之毯，将我紧紧围裹，我感到幸福，温暖，我是天底下最幸运的孩子。

小时候，我常铺几张报纸在桂树下，虔诚地守望着，盼着一阵风来，将米粒一样的桂花吹落，落进我精心设计好的情感"陷阱"。清晨，我爬下床就奔向庭院，报纸上的桂花厚厚一层，我的小手拂过它们光滑的躯体，闻了又闻，香气充盈着我的胸腔肺腑。

也曾不可救药地把桂花摇落一地，让那些芬芳零落成泥，沾满湿漉漉的草叶和小径。尽管有疼爱，有怜惜，更多的却是恶作剧带来的惬意与快感。妈妈说，你没听见桂树在哭泣吗？我霎时愣住，手足无措，风穿过树林的沙沙声，真的是它的伤心无奈吗？我的自责和痛悔，也像风儿，迫不及待地摩挲着、亲吻着那些花与叶。

小时候，妈妈拾桂花，我跟在后面。那一朵朵随风飞舞的花粒，那么精致，那么温婉。星星点点的掉落在地上，我们一朵一朵地捡拾，一点一点地存留。捡桂花，是多么富有诗意的一件事情。妈妈的头发上、衣服上，落满了粒粒桂花，妈妈捡地上的桂花，我就拾她身上的桂花。妈妈示意我别说话，怕惊动了桂花仙子。而我大声嚷着，慈祥温柔的妈妈就是我生命中的仙子。

妈妈做桂花蜜，酿桂花酒。

乳白、金黄的花粒悬浮在甘洌的井水里，经过洗涤浸泡捞起来放在青花瓷盘里，等待水分蒸发，等待花香凝固。妈妈做这些事情之前，总是先净手焚香，不要小孩子打扰。劳作过程中，脸庞恬静，充满光辉。一切，都罩上神秘色彩。风干的桂花终于和蜂蜜紧紧拥抱，相生相融，装在了瓷罐里，埋在了桂树下，像埋藏了一个稀世珍宝。直到我快要将珍宝遗忘了的次年春天，妈妈变戏法似的为我调制一杯桂花蜂蜜汤，我才惊觉，人世间的美味是用心用情用近乎宗教的虔诚酿制而成的，没有杂质，没有利欲，只有慈悲，只有懂得！

爸爸的桂花酒，在堂屋的神案上，一天天转为琥珀色。有光线照着的时候，一道酡红似晴空的晚霞，瑰丽而迷人。恨不得啜饮一口，来个一醉方休。我不止一次问过妈妈，咋非要把桂花酒放在高高的神案上？神案，那可是我们摆放祖先灵位的地方，是家族祭祀时晚辈向着作揖磕头的地方啊！妈妈说，这是虔诚，也是敬仰，更是礼数。桂花和酒掺和到一起，还不叫桂花酒。只有时间能够改变，能把腐朽化为神奇，能把一些东西带走，也能把一些东西留下。

那时的桂花，堪称稀罕之物。远亲近邻，都要来我家赏桂闻香，怡性抒情。饭桌，常移到桂树下，推杯换盏之际，桂花就一点点落下来，落进农家小院的生产生活，落进乡里乡亲的农事桑麻。

几十年过去，我家庭院还在，桂树还在，童年少年的脚印还在。它们，成了故乡的一部分，成了安放乡愁的重要场所。

如今，我居住的城市，遍种桂树，桂影婆娑。公园里、广场上、街道旁、小区绿化带……四处可见它亭亭玉立的身姿，四处可闻它浓淡相宜的馨香。秋日赏桂，早已成了生活美好、精神愉悦的人们一种重要的休闲娱乐活动。嬉戏，交流，摄影，歌咏……桂花馨香的款款流动中，许多的美好、感动都映射在眸子里，流淌在生活中。

秋雨淅沥，桂香频传。桂花盛开的日子，到哪儿心情都会起舞飞扬！

十九岁的纪念

月亮升起的夜晚，那首老歌在窗前响起。记忆的潮水开始汹涌，为那人人都拥有的十九岁，为那无法安放就已散场的青春。

十九岁，似列车，在那方驿站短暂停留，就呼啸而过，不再重逢，无法回头。

十九岁，有些忧伤。

黄昏，有斜阳穿过，弯弯曲曲的街道，涂抹上瑰丽的油彩。破旧的老饭店里，一群热血男儿被一碗碗烈酒灼烤着躯体，灼伤着思想，灼痛了青春年少的懵懂与轻狂。一个个醉得东倒西歪，还大呼小叫拿酒来，直到把饭店的泡酒坛子扯干。升学的无望、择业的迷茫、青春的压抑，似一江春水从小镇的这头流散到了那头，在那个微带寒意的秋夜泛滥成灾。

十九岁，向往远方。

背起背包，开始出发。坐火车、乘轮船，脸上写满夏日的明丽与狂热。在阳朔星光闪耀的夜晚，吹着漓江的习习晚风，带着初涉社会的激奋，在古朴的壮族寨子齐声高唱《山歌好比春江水》。激越跌宕的旋律像沸腾奔流的血液，抚平了心灵的躁动与不安。

十九岁，憧憬浪漫。

青春年少，都经历过一场或长或短的恋情，但版本一样，都拥有"无疾而终"的相同结局。男孩的心里，都住着一位清新可爱的女孩，不需要宣扬，只满心欢喜。绞尽脑汁编织的情书，感动了自己，却感动不了佳人，徒留心事与忧伤。其实大家都知道，恋爱主角是一厢情愿的自己，为她鞍前马后，为她痴痴傻傻，却乐在其中，无怨无悔。

十九岁，唯有纪念。

可以骑辆单车打春风里招摇而过，把响亮的口哨吹向擦肩而过的漂亮女孩。可以驾驶摩托拉风般地在公路狂飙，心血来潮去自己心仪的地方，只为看看那儿有没有雪花飞舞。可以彻夜不眠，在一豆灯火中任香烟燃烧寂寞，任所有的忧伤跌跌撞撞。可以为了一场电影从这个城市穿梭到另一个城市，全然不顾父母在家焦急等待的眼神。可以在手臂上刻下一个粗糙的"爱"字，只为怀念那段风花雪月不食人间烟火的恋情。

谁说的，十九岁之前，至少要干一件"坏事"，然后书归正传，做个正经八百的好人。而十九岁，我们没干过坏事，只是在那危机重重的年代，自我折腾自我释放一番就突然长大了。

十九岁，永远泊在岁月深处，为人生打上厚重的底色。任凭风霜砥砺，任凭时间冲刷，永远温暖，永远闪亮！

老师，您好

　　每当我站在人生的十字路口而茫然不知所措时，每当我身处逆境而辗转徘徊、失意落寞时，每当我一次次寻求人生的价值而困惑迷惘时，我总在夜深人静月光朦胧的时刻，抽出那本老式土气的相册和那些发黄的信件，在柔和的灯光下，翻阅着尘封已久的照片以及那些行云流水般的文字。照片上有教我小学四五年级语文课的庄老师，信件是远方一位子弟中学的老师写给我的。睹物思人，以师为镜，不由得信心倍增，豪情万丈，昏暗郁闷的心情顿时阳光普照，一股强大的力量从心底缓缓升起。

　　庄老师从师范学校毕业就来到家乡那所偏僻的村小任教。20世纪80年代初的村小还是由土改时没收大地主的庭院改建而成，陈旧破烂极不规范的样子，总之和现在规范化的办学条件相比，简直有天壤之别。庄老师的家隔学校较远，但他仍在学校无住宿条件的情况下风里来雨里去，从不迟到早退，尽心尽职地给我们上好每一堂课。庄老师很年轻，顶多不过20岁，他的到来给信息闭塞且民办教师占多数的学校带来很大冲击。他独特的教学方法、先进的教学手段、行之有效的辅导方法让同行大开眼界。记得五年级毕业考试结果下来，学校都沸腾了，因为那一届我们班考上中学的人数在全公社数第一，怎不群情振奋呢？毕业时，为了纪念村小升学率破天荒地提高，学校请摄影师为我们班学生和全校老师拍了张照片，黑白的，小小的。

我至今仍珍藏着，像一坛老酒，愈久弥香。

待我也师范毕业分到异乡一所村小任教时，我才亲身体会到处境的艰难，自己内心的不甘。一个大小伙子，成天和小不点打交道，乏味极了。再加上那时上两个班的数学课还当一个班的班主任，还要上一些常识课，几乎没休息时间。看到同事们都只上一门主科，年轻气盛的我常发牢骚，埋怨世道的不公，心情糟糕透顶，感觉这样下去真是人生无望。当夜深人静自己独处古刹般寂寥的学校时，我总害怕得要命，一有风吹草动，就整夜无眠。一天，我无意翻到小学阶段的唯一一张照片，看到我的语文老师当年青春勃发的容颜时，许多感触涌上心头。当年老师又是以何种心态在同样简陋偏僻的村小安心执教的呢？又是什么动力促使老师以满腔热情执着于三尺讲台？难道青春年少血气方刚的他没有孤独失意，没有遭受冷遇的时候吗？在我想来许多的不可能却在老师的身上得以体现和印证，我就像当年犯了错一样感到脸红，感到我愧对了老师的教诲，愧对了父母多年的养育。

就在我苦苦寻求答案并重新定位自己的人生坐标时，我从《教育导报》副刊上读到一篇文章，题目早已淡忘，但内容仍清晰在目。文章讲述了作者在远方一个偏僻落后的山村中学教书的日子里反复经过人生的思考，终于从困惑迷惘走向成熟走向成功的历程。他当时的处境和感受与我的情形是如此雷同，但他正视现实，勇于调整，慢慢从传道授业解惑的日子中找到了生活的乐趣，从教育是一种享受的感悟中寻找到了自己的价值。并且在当地淳朴厚实的民风民俗的濡染下，重拾尘封已久的笔墨，开始自己喜爱的业余文学创作，把心底的情愫在静夜的灯光下一一倾吐，且常见于报纸杂志，并乐此不疲。我把此文从头到尾认认真真读过多遍，每读一次，我就像漂浮在水面的茶叶向下沉降了一些，直至沉降到杯底，变得沉静平和。面对现实，为何要消极逃避呢？平凡的岗位也有它不平凡的意义，只是需要一颗没有蒙尘的真心，需要一双没有障碍的眼睛。久寻未得的答案摆在眼前，令我茅塞顿开。我按照文章下面的作者通讯地址给曾老师写了封信，说出了心中的烦恼以及读文章后的感受。曾老师很快回了信，对我打算参加大专自考表示赞同，并介绍了自己业余创作及投稿方面的经验，鼓励我把这门爱好坚持下去。说得最多的还是建议我把本职工作搞好，只要把工作当成事业用心去做，就会发现当教师的乐趣，就会爱上它并成为自己的终身职业。老师的来信，点燃了我心中早已黯淡了的理想和信念，使我浑浑噩噩的人生有了转机。从此，我和这位仁厚的长者结成笔友，长期保持了联络，让岁月见证我们超越万水千山的友谊。

从两位老师的身上，我听到了充满亮色的人生追求之歌、奋斗之歌。如今，庄老师已走上领导岗位，曾老师也早已调到了城里的一所子弟中学，年年担任高三的语文教学。他们都在各自的岗位上努力着，进取着，为了人生不灭的信念。我正是在他们精神光芒的感召下，踏实地走好每一步路，坚实着每一个脚印，从未轻言放弃，从未轻言失败。并深深懂得，人生是面不倒的旗，理想是生命中最柔韧最持久的力量。

新年来临了，让我真诚地对老师说一声：老师，您好！

像小鸟一样快乐歌唱

一直怀念，在乡下教书的日子。紧张，忙碌，却又满怀欣喜，期待。

每天早上，骑着摩托车，从小镇窄窄的街道驶过，沿着一条河流，一直向东，向着太阳升起的地方，前行。穿过田野，村庄，来到那所绿茵遍地、鸟语花香的学校。

一次次，在铃声的召唤下，躬耕讲台，为孩子们传授知识，讲解习题，播撒真理。一次次，在责任的驱使下，坚守岗位，为孩子们个别辅导，指点迷津，发挥特长。一次次，孩子们都小鸟一样飞回各自的家，四周灯火次第亮起，炊烟袅袅升起，我还和行政人员一起，为学校的发展出谋划策、描绘蓝图。

在一个地方待久了，就会生出依恋，就会依赖那些熟悉的人物和景致，何况我是那么爱着我的学生和同事，那么钟情于我的职业和事业。

学校环境很美。进校门，两排高大茁壮的香樟树，高耸入云，遮天蔽日。两幢教学楼前面的空地里，分别种有桂树、榕树，蔚然成林。操场里，芳草连边，绿草如茵。围墙侧，一株株银杏翘首蓝天，英姿飒爽。

最喜春天。校园里春意盎然，暖人心扉。肆意流淌的绿，似一脉脉溪流，从心头浅浅流过。五彩缤纷的花，似一张张笑脸，在阳光里灿烂绽放。那些鲜艳的红领巾，那些纯真的脸庞，在一抹抹绿意中闪闪发亮。那些朗朗的读书声，那些美妙的歌声，在高低起伏的林子里悠悠回荡。校园，是孩子们快乐学习、幸福成长的乐园。

最爱秋天。校园里流光溢彩，斑斓满目。芬芳馥郁的桂花，像点点星粒，照亮孩子的梦想。婉转玲珑的金桂，晶莹剔透的银桂，灼灼燃烧的丹桂，在季节的枝头，风姿绰约，欲说还休。花香伴着书香，书香化作心香，萦绕在课堂，氤氲在心头。

银杏叶黄了，在秋日阳光的照耀下，泛起金光。谁说秋风不挽留，谁说秋叶不懂情？银杏独特的气质，古朴的容貌，脱俗的神韵，令人叹为观止。银杏叶内敛的品性，深邃的底蕴，隐逸的柔情，令人心生神往。风起，银杏叶开始翩翩起舞，像孩子们的纸飞机，飞满童年的天空。

曾梦想操场上的草坪，能在一场雨后，生长出鲜艳的花朵，像草原，在夏日里盛开。我的那些可爱的孩子们，就是草原上的骏马，在蓝天白云下面，任由策马扬鞭，任由驰骋飞奔。

曾带着孩子们在香樟树下捡拾种子，一粒粒，一颗颗，珠圆玉润的种子，在孩子们小小的手里，犹如珍宝。我要他们把种子带回家，种在自家院子里。如今，那些小小的幼苗，应该随他们长高长壮了。

曾在许多晨昏，和孩子们一起在树下听鸟鸣，告诉他们要像鸟儿一样，每天都该自由快乐地歌唱。曾坚持在数九寒天带孩子们在操场晨跑，不管速度快慢，只要持之以恒迈开步伐，就一定会到达。

十多年的教书生涯，有感动，更多是收获。因为，我和孩子们一起成长，一起分享着成长的喜悦和成功的快乐！

那些曾一起风雨走过的孩子们，老师祝愿你们健康快乐！祝愿你们像自由飞翔的小鸟一样快乐歌唱！

小巷的阳光里，他们相遇

当她将花束递给他的时候，正是秋天，窗外下着淅沥的小雨。天空云层很厚，缓缓挪动。淡雅的茉莉清香，氤氲在他俩身边。他突然觉得，她仿佛是云层里漏下的那缕天光，把心照得很亮。

她莞尔一笑，转身，裙裾飞扬。他唇齿翕动，却没有声音。她脚步顿了顿，想回头，却终究没有。

从未表白过什么，一如窗前那两株槐树，在适当的距离站成面面相对的熟悉，在云朵缱绻的高空，双目凝望。风雨来了，他的关心就开始在她周围呢喃，不舍不弃。

曾经，为了那段心仪已久的旅程，他们背起行囊边走边唱下决心要将万水千山走遍。曾经，在黄昏来临时小镇的那个拐角，他等着吃完晚饭的她，一起走在西边的夕阳里。曾经，他问遍所有的同学、朋友，只是为她借一本急需的学习参考书。曾经，他和她带着院子里的小朋友嬉戏玩乐，欢声笑语撒满每个角落。曾经，他们徜徉书海谈论人生理想，情到深处泪流满面。

那段时光，充满甜蜜充满忧伤，像漫山遍野的薰衣草，蓝得一脸忧郁。

她高考落榜，待业在家。父亲瘫痪，无法自理。她依偎着父亲的轮椅，为父亲按摩着逐渐萎缩的四肢。

他毕业分配到那个小镇工作，背井离乡，失意孤独。

那个阳光开满花朵的午后，他和她相遇在小镇那条狭窄悠长的小巷。她穿着白底蓝花布裙和水晶凉鞋，从屋檐斜射下来的光线刚好笼罩在她身上，阳光在乌黑的披肩长发上跳跃，会说话的眼睛静静地看着眼前一袭白衣、瘦削俊朗的他，像彼此熟识了很久。他嘴角上扬，微微一笑，心却咚咚跳个不停，手不知放在何处。

从此，他们在午后的巷子里经常相遇。她每天都要穿过巷子到医院给父亲拿药，而他只是为了遇见，准时出现在巷口，迎着她慢慢走近，点点头，说几句话，然后挥手再见。他们互相惦记着，互相关心着，青春年少的心就这样彼此靠近。

故事就这样随着时间的溪流一路欢歌下去，没有迂回曲折，没有激流险滩，多好！

他出身农家，条件不好，微薄的工资要寄回老家接济弟弟妹妹上学。

她父母都有工作，父亲虽是工伤，在家休养，待遇仍然不错。

他和她在一起，有很多共同话题，有很多相同爱好，能彼此感受到对方的欢喜和快乐。但他心头还是有片抹不去的阴影，他知道是一种极力隐藏的、不愿示人的卑微。

邻居有事没事常去找她。他们的母亲是同事，是很要好的朋友。他常在他面前炫耀，说他们两家是世交，他和她是青梅竹马。他哥哥结婚，请她去当伴娘，他理所当然是伴郎。他想阻止她去，可他想不出什么理由。过后她说，其实她不适合当伴娘，很紧张，很拘束。他笑笑，像什么都没发生过一样。依然相约见面，交流畅谈，挥手道别，期待再见。

后来，她通过招工进了县城父亲所在的单位，在公司柜台当营业员。他轻轻叹息，可惜了，她原本说好来年要继续参加高考，要到那所心仪已久的大学中文系深造，圆她的作家梦。他不知道她还记不记得自己曾说过的话。

他去看过她一次。在人流如织的商场，越过人群他一眼就认出了她，尽管长发已剪成了短发。他很想问她，还要不要帮她准备复习资料，来年是否去参加高考？还有，那头美丽的长发为什么要剪呢？最终没问。隔着玻璃柜台，他们谈论着彼此的近况，像在作自我介绍。

也许，她有她的苦衷，她有她要过的生活。他这样想着，连自己都感到惊讶，他俩还是不是从前无话不说的好朋友？

那天，回小镇，他第一次喝醉了酒，含混不清地喊着她的名字。他回想起和她在一起的点点滴滴，他始终不敢确认，那份感情是不是爱情？自己还需不需要坚持？

原来，年轻时候不懂爱情。那个穿白底蓝花布裙着水晶凉鞋长发飘飘的女孩缓缓沉降在了岁月深处……

阳光织成的翅膀

时光像根魔术棒，轻手一挥，四时景物就会不同。在季节里穿行，五彩斑斓的景致，在每个必经的路口等我。我翻山越岭，寻求一帧高度，能够把未来眺望。

秋叶，明亮，金黄，带着阳光的问候。我仰头，神圣的光芒将我环绕。我肃然起敬，在一棵树下，心，似宽广无边的海。静静地，映着蓝天白云，映着高山流岚。

天空飞满精灵，无拘无束，自由快乐。其实，做一枚简单的叶子，真好，疯够了，玩累了，就沉浸在大地的怀抱酣睡，那些忧伤，那些迷惘，一切随风，没有矫情，不着痕迹。

所有的季节都有段落，所有的章节都有结尾，所有的高潮都会落幕。

摊开手，叶片栖上掌心。明丽的色彩，是风霜浸染，是岁月磨炼。纤细的经脉，是成长烙印，是时光雕刻。季节的密码，谁人能译？

沿途的风景，在岁月深处摇曳。淡淡的风，浅浅的笑，温暖的话语，真诚的问候，仍带着阳光的温度，让荒芜的感觉渐渐复苏。

曾经的轻盈、灵性，遗忘在了哪个角落？什么时候，心灵开始变得粗糙，不再渴望？

曾经的理想、追求，流落到了哪方驿站？什么时候，思想开始变得顿挫，不再飞翔？

　　曾经的执着、坚持，行驶到了哪个港口？什么时候，脚步开始变得滞缓，不再前行？

　　一直以为，我会很坚强，泪水在眼里打转，还是可以微笑面对。

　　一直以为，我会很骄傲，灯火闪耀的舞台，我旋转出一片美丽。

　　一直以为，我会不在乎，深夜里记忆浮现，我依然忍不住泪流。

　　原以为，生活就这样波澜不惊，可走过千山万水之后，我还是忍不住回眸，那些跌宕起伏的过往。

　　谁在呼唤我，在阳光开满的山坡？

　　谁在呼唤我，在满月朗照的夜空？

　　无论走到哪里，都还记得曾经的承诺。

　　无论时光变幻，都还记得最初的誓言。

　　只要持之以恒，就能曲径通幽，柳暗花明。

　　只要努力不懈，就能破茧化蝶，云开日出

　　没人喝彩时，就自己鼓励自己。被人忽略时，就自己在意自己。

　　剪一束阳光，织成翅膀，在天地里自由翱翔！

与爱好紧紧拥抱

　　曾经，是那么害怕作文。不知从何写起，咬破笔头，才像记流水账似的凑够字数，以致每次考试语文成绩都不理想。其实，我那么爱看课外书籍，也爱留心观察生活，自认为脑子里装的东西还是很多，为啥一写作文就犯忌。直到有一天，我的一篇习作被老师用红墨水笔悉心修改加工，就像错乱了的人体器官被医生用手术刀重新摆正了一般，看起来有板有眼，读起来朗朗上口。回家，我特地把修改稿誊了一遍，将修改稿和原稿加以对照，反复品读，终于悟到，不是素材不足，而是缺乏剪裁构思技巧。老师给我开的"药方"乃是多读多练，熟能生巧。不知不觉，竟然徜徉书海，喜欢上了写作。原来，写作竟是我手写我心，我心抒我情。

　　读中学填写个人信息，在"有何特长"一栏，我终于不再留空白，毫不犹豫写下"爱好写作"四个字。就是这四个字，让我被班主任老师器重，当上语文科代表，这一当就是六年，让好多同学断了想当科代表的念头。其实，当科代表是门吃力不讨好的苦差。晨读，早早到教室清点人数，组织同学读重点篇目，背诵相关段落，开小差的还得负责提醒。按时收发作业本，有时还要协助老师批改作业，督促不按时完成作业的同学抽休息时间弥补上，里里外外弄得我像个小老师似的。最拿手的是我的习作，基本都得当作范文，不仅在本班朗读，还在年级中传诵。

那个稻花飘香、蛙鸣悠扬的暑假，我心血来潮地写起小说，而且是早恋题材。班上一位男生喜欢上了邻座的女生，一直是静静地凝望，默默地欢喜。直到有一天，男孩子鼓起勇气写了封"情书"给女孩，为自己多日的欢喜找到了释放的出口。想不到，女孩把"情书"交给班主任老师。更想不到的是，班主任老师当着全班同学的面，批评了早恋的男生，肯定了女孩的立场和她处理此事时的果敢与冷静。虽然班主任老师针对的是当事人，但他采取"杀鸡儆猴"的教育方法令我们反感。喜欢一个人，有错吗？把喜欢告诉对方，不可以吗？你不喜欢对方就作罢，干吗那么损人还要把"罪证"上交？"情书"事件，好像青春遭逢的雨季，一切都是必然。我用笔写下这个"爱情"故事。多年后，翻出这篇小说，看着看着就傻傻地笑，笑到眼里涌起泪花。这叫什么"爱情"，这是菁菁年华里男女同学之间正常萌生的情愫，根本不值得大惊小怪。

很遗憾的是，一次学校举行作文竞赛，题目《责任》。按照惯性思维，应该写成议论文，或者夹叙夹议也行。偏偏那段时间我内心纠结。弟弟和同学打架，老师不分青红皂白要求弟弟停课反省，爸妈带着弟弟清理鱼塘淤泥，试图让弟弟在劳动中明白生活的道理。面对处于迷茫期的弟弟，我叩问学校、社会、家庭等多方面的责任，才思泉涌、洋洋洒洒几千字，一篇自认为不错的记叙文诞生了。结果，我落选了，无缘选拔去参加市上的竞赛。后来，教我文选的老师去学校要回了我的稿件，拍着我的肩膀对我说："很欣赏你这篇文章，继续努力，以后机会还有很多。"说实话，老师对我的肯定还是很重要，仿佛在我昏暗的心底投进一束亮光。

写作，是我内心本真表达的渴望，是对事物本质的洞悉探寻，是为自己曾经经历留下印记。不论是兴趣来了随意记下的日记，还是追赶潮流编织的"围脖"，总之，文字与我结缘，我与爱好紧紧拥抱。再迟，都要翻几页书再睡，几天不写点东西，心里就难受。写作，已成了我生活的习惯，成了我思考人生的一种方式。

只要一直往前走，再远的距离都会被双脚丈量完。我的坚持，为我带来了意想不到的收获。今年夏天，散文集《无法停止的歌唱》出版。从头到尾重新检阅和审视自己的作品，我像是和另外一个自己对话，那里面有欢乐，有幸福，当然也饱含艰辛与顿挫。那些成长的疼痛，那些风雨的历练，那些执着的追求，都幻化成生命中的绮丽画卷，值得永久珍藏！

国家一级作家、巴金文学院的邱易东老师在我的散文集《无法停止的歌唱》序言中写道："继续歌唱，让歌声更嘹亮。"是的，我是歌者，我要执着无悔地歌唱，并且无法停止！

夜　跑

夜跑完毕，汗流浃背。吃两片西瓜，喝杯水，拿起书准备翻几页。突然想记点东西。忙打开电脑。

说起夜跑，已经有段时间了。中途常有中断。

因为晚上有人邀请聚会，喝酒，唱歌，打麻将，深更半夜回家。

聚会虽说必要，但连续几次，就有些吃不消。

年岁渐长，精力不济。

他们说，跑步早上好。我不管这些，因为我早上不善于早起，只好把锻炼时间改在晚上。

晚上时间相对充裕。

自由自在想跑多久就跑多久，想跑好远就跑好远。路线基本固定，想跑远点就多绕个弯儿。

朋友说，夜跑在路上不安全，灰尘大。不如就近在学校操场跑。

说得有理。我不认同。

操场就那么大个圈儿，反反复复转圈，像驴儿拉磨，走同样的路，没意思。

我家不远就是体育场，曾去跑过几次。人打堆堆，没劲。

读师范校时参加万米越野赛，就在体育场跑的，一圈圈地转，自己都不知道跑了几圈。

越野赛，就该在大自然中去跑。有风声，鸟叫声，流水声，还有市井人语，多接地气。

所以，还是坚持己见。

在灯火明亮的街市，沿着人行道，围着城市兜一圈。

那是一个人的世界。我是世界的主角。

汽车行驶它的，行人走他的，而我跑我的。

有风在耳边吹，像是从海那边吹来的，带着丝丝咸味儿。

也有植物的清香，甚至若有若无的花香，在鼻翼轻扇。

我喜欢这种感觉。近乎痴迷。

就像我喜欢午睡，吃了就睡，在单位吵闹的办公室都能熟睡。怪不得是属猪的，七月流火，心安理得做一只待肥的猪。

这就是率性本真，不雕琢，有自然色彩。不惊不惧，不忧不扰，不取悦于人，独立完全地做最好的自己。

有时候说自己笨，笨得有些傻。

永远记不住别人的电话号码，永远记不住别人的车牌号。

与人相遇，对方老远就招呼我，而我有时无动于衷。不是我孤高，不是我自傲，而是视力不佳的我，隔点距离就几乎看不清楚。

真正懂我的人，不会计较。而不想懂我的人，再怎么解释也无济于事。

想起隔房的二婶曾给我做件军绿色上衣，纽扣和锁眼弄反了，扣扣子非常别扭。但那是我垂涎已久的新衣，我还是高高兴兴穿着去上学。

我想有一天有位细心的同学能发现这一秘密，我会非常感激。可是，衣服变小都穿不得了，也没人来告诉我。或许，是有人发现了，为了不败坏我的兴致，隐忍着不说。他或她，应该是懂我的人，我没缘分知道。

前不久聚会，蒲阿姨说我坚持跑步气色很不错。

殊不知，心中有愧。

夜跑，断断续续。可我记得，有空就出去跑跑。

随缘，随性，不做什么硬性规定。

就像写命题作文，我多半写不好，有根绳子拴着我，施展不开。

春天，我们漫步田园

为迎接成都儿童文学作家的来访，在座谈会完毕后，大家邀约着到川西坝子的田园里走走。

春暖花开、草长莺飞，金色的阳光洒满村庄。河流唱起欢快的歌谣，成群的鸭子在清亮的小溪自由嬉戏，荡起圈圈涟漪。柳树长出新叶，花絮纷飞，一条条丝带，像柔媚女孩的披肩长发。大片大片的油菜花灿烂开放，馨香扑鼻。蜜蜂在花丛中纵情舞蹈，忙碌穿梭。绿油油的麦苗仿佛水绿的绸缎，随风荡漾，柔滑无痕。醒来的鸟儿衔着春的讯息飞来飞去，在大自然的美景中流连忘返。就连路边的小草，也急急忙忙换上春装，在阳光雨露的亲吻中迅速长高。在开满胡豆花、豌豆花的小径漫步，挽一袖清风，沐几缕阳光，我们不由得放慢脚步，不忍惊扰大自然的美梦。

田野深处，有一座农家小院，开着"幺妹儿"店子。大家像跋涉者发现了水源，一拥而上，围着长方桌团团而坐。店老板提着铜壶，一路小跑着为我们泡上盖碗茶，水汽氤氲，茶香四溢。头顶的梧桐树枝丫交错，一颗颗饱胀的嫩芽星星点点。要是盛夏，在这如盖的绿荫里摇着蒲扇，跷着二郎腿，喝上碗清茶，该是多么惬意！几只麻雀从远处飞来，停在树梢，叽喳叫着，呼朋引伴。小溪从脚边缓缓流过，墨绿的水草轻轻摇曳。旁边的李子树花期正盛，一片片雪白的花瓣淅沥而下，在溪水里打着旋儿流向远方。店主的看家犬待在屋檐下，正打着盹。

我们拿出零食唤它过来，它摇着尾巴嗅嗅，在客人的身边转来转去。主人家孵养的一窝小鸡在母鸡的带领下，在院子边的草丛里寻食。母鸡找到食物后，总是"咯咯咯"地唤鸡仔来吃，它是孩子们的守护神，翅膀就是孩子们温暖的天空。

"幺妹儿"店子前方的田地里，有稀稀落落的菠菜。老农手脚麻利地埋头清理着，准备腾出来培育旱秧。来自成都的文友上前询问，想买些菠菜回去。憨厚的老农豪爽热情，敞开喉咙大声说道："你们要吃随便扯吧，总之剩下这点蔬菜也卖不了几个钱。"这席话语一下子激发起我们的兴趣，大家纷纷下田。不多会儿，每个人的手里都有了收获。带着泥土气息的菠菜，给了城里人久违的亲切感。

店主拿来塑料口袋，吧嗒着叶子烟说："我自留地里还有蒜苗，你们不嫌弃的话，就弄点回去炒肉吧，没打农药，新鲜着呢！"在连连的感谢声中，我们浩浩荡荡地跟随主人来到田间，收获着农家人的朴实与真情。

在欢声笑语中打道回府时，我的心仍停留在那个僻静安宁的村落。那里，人们与土地相依相偎，那里，人们与自然和谐相处。打量着袋子里的绿色蔬菜，我感觉在带着春天回家！

我在清流，等你

西蜀古镇，文豪故里，明珠清流，千载流芳。

来了，就不想走。走了，还惦记再来。

清流，泉水浇灌的土地。黄龙泉、乌木泉、汤家泉、双车坊泉……似一颗颗明珠镶嵌在碧波田畴，环绕在村庄篱舍，温婉，含蓄，柔美，空灵。

清流，书写奇迹的土地。流浪文豪艾芜，千里南行寻真理。革命先驱何秉彝，甘洒热血振中华。先辈的故事，醇厚的民风，把那些美好的品行传扬。

那段化木为石的乌木可以作证，清流，演绎着木的古雅，石的神韵，水的纯净。

那座历史悠久的清渔可以见证，清流，映照着天空的蓝，乡人的勤，花果的香。

春到清流赏梨花。

清流镇结合新都区"荷桂统揽"的乡村旅游发展思路，以黄龙梨园为基础，依托黄龙生态泉的自然优势，组织编制了千亩梨花赏花基地发展规划和实施方案，并确定新九路示范线作为赏花基地规划区域，以黄龙梨园为中心，将爱吾生态源、双车坊、艾芜故居等特色景点有机串联，打造成千亩黄龙泉水灌溉的集赏花休闲、鲜果采摘、餐饮娱乐为一体的"泉映梨花"赏花基地。

"忽如一夜春风来，千树万树梨花开。"那是雪似梨花，梨花似雪，轰然绽放。"梨花淡白柳深青，柳絮飞时花满城。"那是柳絮飞时，梨花染青，妩媚妖娆。"玉容寂寞泪阑干，梨花一枝春带雨。"那是寂寞春早，梨花带雨，惹人爱怜。"红袖织凌夸柿蒂，青旗沽酒趁梨花。"那是趁着花开，邀约友人，酒肆饮酒。

古人多雅兴，今人更多情。

阳春三月，梨花竞放，灿若云霓，蔚为壮观，清流一年一度的梨花节粉墨登场。美食、繁花和"离成都最近"的生态泉水期待着各地游客纷至沓来。呼吸新鲜空气，享受梨花芳香，品尝甘甜泉水，参观艾芜故居，浸润书香气息，亲近孝友农庄，采摘生态蔬菜，尽享田园生活，沐浴春天阳光，体验清流生态的优美、健康的环境和淳朴的民风，感受清流乡村旅游的宜人风光。

梨园春色关不住，泉润清流踏青来。

清流梨花，气场博大。千亩梨花，盛放在新绿初染的枝头，如一场铺天盖地的瑞雪，照亮了天空，映白了原野。那是一种大格局，大气势，让你屏住呼吸，任由惊心动魄的美扑面而来。

清流梨花，粉妆玉砌。老树新干，生机勃发，激情挥洒，尽情绽放。洁白如玉的花瓣，晶莹剔透，薄凉风情。嫩黄的花蕊，轻沾露珠，娇羞婉约。那天然雕饰的妆容，是上苍的恩赐，是自然巧夺天工的造化。

清流梨花，春天盛典。是花就要开放，是花就要开到荼蘼。阳光下，蜂蝶栖上花蕊，绕花翩跹。春风里，梨花翅羽轻扇，旋转轻舞。春雨中，花瓣渐次飘落，零落成泥。属于自己的花季，梨花铺排光阴，成就春天的盛典。

来一场说走就走的郊游，去赴清流的梨花之约。

在花树间徜徉，开放所有的感官，梨花的美就是你的美。

在花田间奔跑，用脚步丈量春天，梨花的情就是你的情。

在花荫下品茗，青花盖碗的怀旧，梨花的香就是你的香。

哪怕你什么也不做，就只是发呆，冥想，梨花的纯，梨花的静，会洗尽你所有的风尘与疲惫。

春天，我在清流等你！

望鱼古镇

望鱼古镇，位于四川雅安市城区以南35公里的周公河上游，在柳江古镇与周公山温泉之间。与柳江古镇相比，要冷清落寞一些。虽说国庆增加了人流量，但好多都是路过顺便游游。

老街已少有人住，大部分居民已下山来，在山脚修建了自建房，形成街市。楼底开铺子，楼上住人家。

车子停在公路旁边。拾级而上，迎着下山的游人，感觉坡度挺陡。一株树站在石梯边，枝叶婆娑，为古道撑起绿伞。恰遇虎耳瓜的藤叶攀上树枝，天然的一个凉棚上，还坠着一些有待成熟的果实。

问询下山的游客：游完古镇能有多久？答曰：十分钟不到。

哦，大概从街这头能一眼望尽街那头。古镇的格局和规模，已经随这"十分钟不到"的时间大致划出了轮廓。

"望鱼"，一个诗意的名字。总让我想起那些精灵古怪的猫。

望鱼老街建于明末清初，因茶马古道在此设有驿站而自然形成场镇。主要建筑坐落在突兀于山腰的一块巨石之上，因巨石形似一只守望着周公河游鱼的猫而得名，体现了中国传统的风水观念，即"枕山、环水、面屏"等要素。

望鱼，是红色古镇。进得镇头，有块石碑。"红军会议旧址""雅安市人民政府"立，但没有时间落款。石碑上的内容也有些不咋明确。"一九三五年冬，中国工农红军第四方面军，在此用方桌搭台，召开群众大会，宣传动员'打土豪，分田地'，建立苏维埃政权，后因国民党中央军薛岳部队进剿破坏，红军被迫转移，曾在该乡将军坡、土地垭展开阻击战。"

望鱼老街为一条狭长的一字形长街，一条青石板路纵贯街面，路面已被岁月打磨得幽幽发光，漫步其上令人遥想起当年茶马古道上来往的客商与马帮。街道两侧全部为木结构青瓦房和吊脚楼，精致的瓦楞、墙角、窗棂和柱基石上的雕花显露出昔日的繁华。这些曾经是衙门、银庄、当铺、药店、绣楼、旅店、饭馆、茶铺和戏台的建筑，早已成为民宅，如今大多闲置、破败、潮湿、腐烂的气息悠悠弥漫，昔日的生活痕迹却历历在目。

我想，那些倾颓、垮塌的房屋，再不维修就真的来不及了。居民大都搬下山了，只有老人还留念祖屋，白天上山来坐坐，做做手工，卖点山货，或清扫老屋，给屋子透透风通通气。

古镇，也有几家老屋经过修缮加固，办起了饭堂，开起了旅馆。生意不好，老板也不忙碌。猫猫狗狗，在墙角、在过道，慵懒着，散漫着，沐浴在丝丝缕缕的光线里，神态安详，悠然自得。

一户人家的门前竹竿上，有面蓑衣，像蝴蝶的翅膀，耷拉在两侧。俗称"天漏"的雅安，多雨，难得见到阳光。想必，蓑衣是家家必备的雨具。

蓑衣，让我觉得亲切，温暖。曾见过爷爷头戴斗笠，身披蓑衣，在风雨里拿根长长的竹竿掏通四合院的出水口，没过脚踝的雨水畅通无阻地排出去了，天地间的雨声风声仍在继续，我们孩童的心随着院坝里的水泡起起落落。

在古镇的尽头，那户人家的房子是新修过的，木板新色，石阶新砌，水泥地面，玻璃窗户，与古镇的其他建筑相隔甚远。老婆婆坐在门前的沙发上，行动不便，是脑中风后遗症的迹象。她说，她17岁嫁到这里小镇就是这样，如今整整60年了。我想，60 年前的景象，应该是静谧内敛祥和安宁的黑白片。

望鱼古镇，适合一个人游走，一个人观望，像那只亘古遥望的望鱼猫，久久地凝望，久久地等待，久久地被时光淹没，忘记来世何处，今生何在，只需来世我还是一只守望的猫。

在客栈，看到电影的翻拍剧照，陈旧，灰暗，蒙着尘埃。21 年前，《被告山杠爷》在望鱼古镇取景。我没看过这部农村题材的电影，但很想看看望鱼古镇在影片中的形象。

中午，在新街的饭店就餐。屋檐下，老人，小孩在卖山货。山核桃，表面粗糙，沟壑纵横，像老人的脸，呈黑褐色。这种核桃不能吃，要吃也没内容，是用来把玩儿的。1 元钱 1 个，妻子说，买几对回家吧。可是挑来选去，能配对的概率很少，要在竹筐里慢慢挑细细选，需要耐心和时间，也需要机缘。也许，我们的年龄，还不容许用玩物来打发时间。

坐在新街的屋檐下，抬头望山上的古镇。望鱼古镇，隐没在流岚雾霭里，古朴，宁静，犹如阳光里打盹的老人，一觉就恍惚千年。

第四辑

让我与你相依相偎

山乡风景惹人醉

弯弯的水泥路像灰白色的带子，从山脚这头缠到山脚那头。白墙灰瓦的农家小院鳞次栉比、错落有致。山泉蜿蜒流淌过来，成了河，清澈见底，彻夜歌唱。

春末夏初，天气渐热。田地里氤氲着成熟的气息，流淌着生长的音韵。

鼓胀的豆角，挂满植株，淌着绿意，漫着清香。大婶们邀约着排坐在路边，边拉家常边脱着壳儿，新鲜的果实，珠圆玉润，泛着光亮。

鸡群在树林里忙碌。公鸡红冠锦衣，健壮潇洒。母鸡温柔敦厚，肥硕娇羞。半大鸡仔蹦蹦跳跳，活泼可爱。林子里、草丛中，鸡群玩耍觅食，咯咯有声，一派生机。

路两边，房前院后的坡地上，果树蔚然成林，如宽广无边、厚实无比的绿被，遮护着大地的肌肤，装扮着大地的容颜。

高大苗壮、枝繁叶茂的核桃树，任由阳光跳跃，青涩的果子害羞地躲藏着，像襁褓中的婴儿，甜甜地酣睡。饱经风霜的李树、梨树、桃树，裂开道道褐色的印痕，犹如岁月起皱的纹路。再老花期不老，待繁花落尽，那枝丫间的幼果就星星点点、左顾右盼。柚花正吐露芬芳，洁白如玉的花朵在尘光里轻扬，仿佛树的一双双眼睛。馥郁馨香，四处飘散，飘向一扇扇窗口，落进一颗颗心房，醉了一茬茬日子。

樱桃正红，红得灿烂，红得心醉。一簇簇、一丛丛打着堆儿，抱着团儿，沉甸甸地压弯了枝条。阳光照耀，似珍珠、似玛瑙，晶莹剔透，闪闪烁烁。伫立树下仰望，脸庞沐浴光辉，樱桃落进眼眸，幸福笼罩全身。挑一颗又红又亮的樱桃，衔在口中，清凉光滑。轻咬果皮，细品果肉，甜甜的味道就在舌尖久久停留，舍不得吞下，那感觉，就像童年的记忆，在天地间回荡。

半山坡的屋檐下，泡一壶茶，静守一段时光。

和煦的轻风穿过山林，欢快的鸟鸣散落林间，缱绻的流云飘过山坡，辛勤的农人穿梭田间，远方的山脉蜿蜒起伏，薄薄的雾霭轻轻缠绕。山乡，一幅轻描淡写的水墨画，朴素、清雅。山乡，一首即兴抒怀的风景诗，真实，隽永。

夕阳迟归，坠落山头。瓦蓝瓦蓝的天际，开始有星星出没。灯火亮了，一盏盏送走乡村的黄昏。

谁家房顶升腾的炊烟，唤醒我儿时的记忆？谁家唤儿回家的呼唤，触动我柔柔的情愫？谁家晚归温暖的敲门声，让我禁不住泪湿衣衫？

茶，在壶里已经浓酽。夜，在山乡尤显寂静。

寻找一个地方，洗尽铅华，淡去尘埃；营造一方梦境，远离喧嚣，摒弃浮华；跋涉一段旅程，还原自我，给心安宁。

而这里，恰好！

让我与你相依相偎

就像我一直走不出母亲的视线，属于我生命中的、那个最初的村庄，总留一抹惊艳，在记忆里，挥之不去。

阳光的怀抱里，村庄，羞得一脸通红。

溪流浅唱，鸭群游弋，涟漪漾荡，倒影招摇。

柳枝婆娑，柳絮轻扬，心情漫天飞舞。

花海里，蜜蜂纵情舞蹈，馥郁的馨香，醉了村庄。

麦田里，蝴蝶翩跹追逐，起伏的绿浪，美了村庄。

小鸟衔着春的讯息，在树梢，在房顶，叫声清脆、婉转。

开满蚕豆花、豌豆花的小径上，小草匆忙换上春装。一缕缕轻风，一缕缕阳光，悠闲地放慢了脚步。

村庄的美景，犹如一杯茶，适合细品，犹如一首诗，适合轻诵。

家门前的小茶铺，静立着，像阅尽世相的老人。

一张张小木桌，一把把小竹椅，透着时光的痕迹。

闲暇的日子，农人们，就一杯茶，坐尽一个下午。

聊农事，摆家常，讲新闻，甚至什么也不说，打打盹，养养精神。

铜壶，冒着热气。青花盖碗茶，溢着香。

店老板的吆喝声，在阳光的颗粒里弥散。

头顶的梧桐树枝丫交错，饱胀的嫩芽星星点点，桐花却早已开放。

紫褐色的花朵，一面凋零，一面开放。

那窸窸窣窣飘落的声音，惊扰了尘埃，惊扰了时光。

为何总是那么匆匆？开放的刹那，就面临着凋零？为何，不能挽留，那些盛开在心底的永远的花朵？

桐花不香，有点闷。但谁能阻止它一年一次的盛放？

盛放，就要无所顾忌。盛放，就要无遮无拦。

如果是盛夏，这如盖绿荫里，边摇蒲扇，边喝清茶，又是另一番惬意！

看家犬趴在屋檐下，眼神温和地守望着路口的方向。

小鸡仔在草丛寻食，鸡妈妈"咯咯咯"的呼唤声，温暖了天空的云霞。

茶铺旁边的地里，老农扯着绿茵茵的蔬菜。泥土的清香袭来，在心里久久不愿散去。

心，常常停留在这个僻静安宁的村落。

因为，它是我的家乡。

这里，人们与土地相依相偎。

荷的寂寞有谁懂

读周敦颐的《爱莲说》，懂得了荷"出淤泥而不染、濯清涟而不妖"的品性，她清雅高洁，她是花中君子。

读席慕蓉《莲的心事》，才知爱情可以像荷一样的美丽与婉约，有淡淡清香，有浅浅忧伤。

周敦颐，面对一池荷花，直问人格品性。"中通外直，不蔓不枝，香远益清，亭亭净植，可远观而不可亵玩焉。"他的孤高，他的自爱，越过繁华，直抵心灵。

而席慕蓉呢，也许更喜欢在微风习习的黄昏，目睹摇曳生姿的荷花，遥想生命中那些稍纵即逝的美好情感以及一去不复返的华美光阴。如果爱是一朵莲花，最美的爱一定是那清苦的莲心，苦到心里，然后开出美丽的花朵。

原来，荷终归还是习染一身寂寞。只是，这寂寞，有谁能懂？

于是，风雨欲来的黄昏，独自徘徊荷塘，去赴与荷的美丽相约。

层层叠叠的莲叶绿浪翻滚，像海浪涌向沙滩，像云朵追赶天空。那些荷，头颅高昂；那抹红，惊心动魄。她摇曳，她起舞，醉心演绎。

可是，一个人的舞台，再绚丽宏伟，还是显得冷清，显得落寞。

是不是所有的生命都有定数？荷，在急促短暂的一生中，尽显娇柔与华美，却徒留世人的唏嘘与慨叹？

安宁清静惯了的她，也想疯狂一次，放纵一次，哪怕红颜俱损，哪怕香消玉毁！

她渴望风雨的洗礼，渴望生命有一段刻骨铭心的奇遇。

暴雨来了，世界响声一片。

雨点在莲叶上打着滚儿，费尽心机要把莲叶压下去，压下去。

而风雨中的莲叶，努力着把脊梁挺直。

那一支支荷，如鱼得水。

看，她更娇艳了，更富神采了，犹如娇羞新娘明媚的双眸。

这是一场倾情的爱恋。风雨锻打着荷的风骨，直至花瓣凋零，万籁俱寂。

赏荷，与心境有很大关系。

我没有周敦颐的深刻，没有席慕蓉的浪漫，有的只是面对一池荷花的片刻苍茫。

风和日丽下无穷碧的莲叶与别样红的荷花，那是一种婉约与静美。

暴风雨中尽情舞蹈的荷花，烈性、坚韧，给心灵的是一种震撼与冲击。

雨声喧哗、莲叶漫卷、花儿怒放，那是大自然对生命的洗礼与历练，那是人间万物对自由的欢呼与歌唱！

与荷有约

一直庆幸，在我工作生活的这座城市，有一湖荷花静静依偎在身旁，恰似夏日的一抹阴凉，让心灵恬淡安然、润湿空灵。我不能设想，假如人杰地灵文韵悠长的新都没有了那湖荷花，这个城市的精神实质文化内涵还会不会厚重如斯。有些东西存在着倒不觉得什么，一旦失去，就将面目全非判若天壤。

因了桂湖的荷花，夏天便充满激情，满怀期待。站立湖边，放眼望去，荷叶如盖，随风摇曳，沁人心脾的清香扑鼻而来，教人陶醉。荷叶，绿得晶莹，绿得耀眼，绿得豪放，绿得透亮。荷花，或红，或粉，或白，或黄，在万顷绿波之中风情万种、妩媚多姿！

最爱黄昏到桂湖散步赏荷。落座湖堤，与夏荷为伴，有种久违的亲切、相知的默契和彼此的怜惜。联翩思绪在习习晚风中轻舞飞扬，童年走失的那只红蜻蜓，顺着记忆的来路终于抵达。天光云影还留恋着荷塘，留恋着浅丘，留恋着远处渐次亮起的灯火。鸣蝉歌唱，虫鸟唧啾，人声喃喃，时间的脚步就这样慢了。水汽升腾起来，在荷塘上方形成一道乳白色的雾幛。周遭的景物变得朦胧，变得柔和。唯有那朵朵荷花，优雅、淡定、从容，如心头一直明亮的心灯。荷花，从花蕾到绽放直至凋零，几天时间就把生命演绎到极致，没有停顿，没有叹息，一腔心血一气呵成，成就了一场短暂华丽的庆典。如果不能增加生命的长度，那就努力改变生命的厚度。我想，荷也是如此。

　　桂湖的荷，睿智、聪慧。历史的尘埃，掩饰不住它冰清玉洁的容颜；岁月的风沙，改变不了它出淤泥而不染的性灵。桂湖的荷，执着、坚韧。历经风云变幻，饱尝沧桑磨难，荷一路欢歌一路走来，它的根已深深扎进新都这方沃地，它的魂已深深融入新都人的心灵。

　　炎炎夏日，习惯了与荷有约。当桂湖的荷以一种铺天盖地的气势涌入我们视野时，我们明白，我们与荷密不可分，我们与荷血脉相连！

与时光一同老去

走进小镇，像走进童话般的梦境。

尖尖的红房顶，色彩艳丽的墙面，鲜花点缀的阳台，镂空的雕花门窗，还有砖石铺就的街道……

一切，都浸透着浓郁的异域风情，流淌着典雅浪漫的时尚元素。

白鹿河，浪花层叠，歌声悠扬，像条玉带穿镇而过。

传说中的那头白鹿，是否还常到河边饮水？它云朵一般洁白的身体，是否还在青翠的山林闪耀？

阳光落下来，柔滑得像遮风的缎子。

我一路行走，时光仿佛交错。

那四株银杏，雄踞山坡，给小镇当伞，一晃就是百年。

有人说银杏是小镇的历史。那么，那一树树金黄的叶片，翩翩跃动的就该是故事中最最动人的篇章。

于是，有种寻找的冲动。小镇的一砖一瓦，一草一木，都是一种文化的传承，一种生命的律动。

于是，向那个承载多少美丽梦想的上书院靠近。斑驳残破的经堂，依稀有朗朗的诵诗声传来。透着云光的颓败建筑，教徒们肃穆的身影来去匆匆。剥落倒塌的墙上，圣母玛丽亚的慈祥也许依旧。我再也找不到当初的庄严与雄伟了。只有夕阳，透过断墙、透过窗棂在院里闲逛，拾捡逝去的容颜……

还有，那个怀揣信念的传教士，千里迢迢来到小镇，只为实现他的理想和信仰。他知不知道，有一天，我们会在这里静静地怀想他。

那座石拱桥，是否还留有他深深浅浅的脚印？从上书院到下书院的路上，是否还会闪现他匆忙瘦削的身影？

一切，都在那场举世瞩目的灾难中破坏掉了。

最牛的教学楼还在，被地壳抬高三米，仍顽强屹立！

中法桥还在，虽垮掉了一个石拱，但它的倩影在白鹿河的怀抱里依然清晰，像道彩虹，熠熠生辉。

古老的教堂还在，还在等待复苏。

船形的老街留在了记忆里，一座法式风情小镇崛起！

无论世事如何变幻，小镇的底色永远不会改变。

在街巷穿行，时光的脚步慢了轻了。那些亘古的岁月，在慢慢向我们走来。

累了，就坐下来，煮一壶咖啡，或者用白鹿河的水泡一杯香茗，细致品味，然后，与时光一同老去！

与爱同行

妻子为母亲网购一双皮鞋，让父亲带了回去。可不多久，母亲来到我家，又原封不动将鞋子退了回来，说是穿不得。妻子很纳闷，码数没错啊！母亲指指脚上小巧的绣花布鞋，伤感地说："人老了，脚没肉了，就变小了。以前穿36码的鞋，现在买35码的似乎还有点大。"妻子抚抚母亲瘦弱的肩膀安慰道："晚饭后我们出去转转，重新挑选一双吧。"母亲摆摆手，继续絮叨："你爸也说，以前的裤子长短都挺合适的，今秋穿上就显长了。哪天，我特意拿几条去找裁缝改改。"哦，难怪以前高大魁梧的父亲怎么这几年就显矮小了呢？

原来，我们好久都没认真留意过自己的父母了！

随着子女的长大，随着子女的成家立业，父母就逐渐淡出了子女的视野。

不知什么时候，对父母的称呼就简化为"爸""妈"了。尽管喊起来干脆利落，但其中的那份依恋淡了。

不知什么时候，一厢情愿地忙碌着自己的事情，以为父母就在那里好好的，回家看望父母的次数就渐渐减少了。

不知什么时候，只顾及建设自己的"三口之家"，而把父母排除在了家庭成员之外。

不知什么时候，开始羞于表达对父母的情感了。爱，装在心里，浓浓地发酵。不是不想表达，而是不愿去找合适的表达方式。

鸦有反哺情，羊有跪乳恩。不是子女没孝心，不懂感恩，而是子女总有太多太多的理由，让我们推迟了对父母的关爱。殊不知，在这种推迟中，父母正不可逆转地老去。

好多时候，打电话回去问问父母身体咋样，最近忙不忙。父母一句"一切都好！"让子女心安理得将回家的时间一拖再拖。

好多时候，风尘仆仆兴师动众回去看望父母，却因朋友的一个电话或是几位好友的相约，匆忙离开，不能坐下来陪父母聊聊。

好多时候，我们就这样疏忽了父母内心的需求和感受，一而再再而三地错过了亲情的交流。

其实，父母一直很需要我们。

同事四十多岁了，儿子都快大学毕业了，每次回家，母亲都像小时候那样拉着她的手，亲热地喊"幺女，幺女"，喊得她心头软软的酸酸的。爱，就是如此炽烈，如此根深蒂固！

国庆节，参加亲戚女儿的婚礼。司仪深情地说："在这个特殊的时刻，父亲将把女儿托付给新郎，让他们从此过上幸福美满的生活！"众目睽睽下，父亲挽着女儿的手缓缓走上红地毯，欲语却泪先流。爱，就是这般深沉，这般柔情似水！

是啊，总需要有些日子，让我们忘却浮躁，内心纯净，享受与父母在一起的温馨与快乐。这，与金钱无关，只在于我们的内心！

告诉你我有多爱你

那个暴雨倾盆的夏日，我因事要回乡下父母的家。一早，父亲打电话过来，说家门口的机耕道路泥泞打滑，回来时最好把车停在公路边的冯叔家。我知道，父亲念着我的车技不熟，怕我回去时车子滑到旁边的秧田里。我心头一热，忙应道："老爸，你相信儿子吧，应该没啥问题！"父亲在电话那头顿了顿，还是不放心地说："小心为好，下雨开车注意安全！"父亲挂了电话，而我握着电话却迟迟舍不得搁下。

回到乡下，父亲下班还没回来。望着阴云密布的天空，时疏时急的雨点，我挂念着父亲。六十多岁的人了，本该卸下工作的重负，安享温馨的晚年时光，可单位的一纸聘书，使父亲像上足了发条的钟摆，一刻也不愿停歇。天晴下雨，父亲就骑着那辆超期服役的电瓶车，来往奔波。

在厨房忙碌的母亲看了看时间，言语焦急地说："差不多了！"我疑惑不解，母亲边拿雨伞边说："你爸要回来了！"哦，母亲要接父亲去了。我故作轻松地说："妈，下雨路滑，你去又帮不上什么忙，摔倒了伤着身子骨咋办？"母亲白了我一眼，"你咋这么说呢？我看着老头子回家心里踏实。"我一下子觉得惭愧，脸红了，像小时候犯了错。自从父亲冒雨回家连车带人滑倒在路上，母亲的守望就成了一种习惯，准时且从未改变过。

300 米的距离，母亲的心一直纠结。父亲在前边掌握方向，母亲紧随其后帮父亲推车。一高一矮两副背影，互相支撑，互相温暖！

等候的间隙，母亲与我闲聊。母亲无意说起的一件小事，让我的心里波涛翻滚，爱的潮水跌宕起伏。

隔壁院子郑叔的儿子新买了小车。一个下雨天回家，不小心滑到侧边的秧田里，怎么也无法上岸。周围邻居都去帮忙，想了很多法子都无济于事，最后商定只有硬抬。父亲下班经过，二话没说，就加入援助队伍。后来，老老少少二十多个人总算把车子抬上了路。浑身是泥的父亲回家后乐呵呵地对母亲说："帮助别人就是帮自己，万一儿子的车开回来滑进田里，还不是需要大家帮忙！"说者无意听者有心，我的心里像装了一枚太阳，温暖无比。

拥有爱和信念的人生是一种福气，它能抵挡人世的一切风霜。友情可以淡漠，爱情可以枯萎，生存可以一波三折，而父母的爱从来就不会多余，这是儿女穷其一生都无可企及、无法回报的深爱！

给父母的爱，你有多少

"妈妈，你还有没钱用？你去办张卡，我给你打 1000 元上去吧。"妈妈接电话的手有些抖。尽管不存在经济困难，她还是答应儿子，办好卡后给他打电话。

儿子和父母关系闹僵后，去外省打工了。

说是不相认，说是断绝关系，那都是父母说的气话狠话。

因为，儿子太不懂事，一次次伤害着父母的心。

中考，以高分考进区内最好的高中。不出意外，三年后，他将为自己书写一份完美的答卷。

谁知高一下学期开始叛逆，好像魔瓶被打开，他中了魔似的无法自拔。

说老师偏爱好学生，心存抵触情绪。

逃掉晚自习去网吧，坐到黎明来临。

谈一场青春的爱恋，再无心思学习。

等父母发觉事态的严重，他偏离正轨太远。

于是，辍学。

帮别人开车，学理发，搞建筑，批发家具，做牛奶生意……每一次工作都不长久，就像他的手机，换得很勤。

父母与他交流、沟通，他觉得烦。要么在父母面前一声不吭，要么摔门出去，几天几夜不落屋。父亲气得咬牙切齿，母亲唉声叹气独自流泪。

就算他再不听话，毕竟是自己的儿子啊。

父亲下班后，辗转在城市的各个角落，找儿子回家。

可年轻的他，感觉家是牢笼，家是父母无休无止的唠叨。

后来，他打算自己创业。

由父母出资，购买一辆货车。爸爸动用所有亲朋好友的关系，为他找货源。

生意很好，儿子也乐意这份在外闯荡奔波的工作。

可几个月的新鲜感一过，又打回原形。

出一趟车，结算了工钱，他非得消耗完了才出门找事做。

"三天打鱼，两天晒网"。老板没耐心为你等待。合同只好终止。

爸爸苦口婆心劝说，他索性砸坏车窗，离家出走。

一年后，带回如花似玉的女友。

那段时间，家庭和睦温馨。

他早出晚归出去工作，女友在家附近的超市打零工。

对父母说的话也多了，也没刺儿了。

像变了个人似的。

后来，两个年轻人商议结婚。

父母知道时机还不成熟，但听着儿子信誓旦旦的话语，心想，有家就有了责任，兴许爱情真的能拯救一个人吧。

婚礼隆重举行。

小两口恩恩爱爱，家里家外的事情商量有加。父母想，劳神费心的日子是该结束了。

没想到，结婚才半年的儿子死活要闹离婚，不离就不回家。

父母坚决站在儿媳妇这边，但有啥用呢？儿媳妇含泪签字，喊了一声"爸妈"，头也不回地走了。

家变得空荡荡的。

讲再多道理都无用。父母无法原谅儿子。

于是，儿子负气再次外出打工。

儿子的电话父母不接，儿子的短信父母不回。儿子已伤透父母的心。

后来，儿子打电话给妈妈，妈妈迟疑了一下，忍不住接了。一些问候的话，一些表示歉意的话。妈妈心软，泪流满面。

爸爸知道妈妈接了儿子的电话，铁青着脸，不说话。多几次了，也忍不住问问妈妈，儿子在外过得咋样。

毕竟，电话那端是有着血缘关系的儿子啊。有天大的过错，父母都愿意将过错慢慢消化掉。

妈妈还是在接到儿子电话的第二天，去银行办张卡，将卡号发了过去。

尽管没抱多大希望，她还是要试试儿子的心。

儿子的电话没隔多久就打了过来。

妈妈到银行查询，钱已到账。

"儿子，家的大门为你敞开，爸妈等你回家。"

发完短信，她坐在街边的凳子上，泪水不停地流。

恍惚中，她看见儿子向她跑来。

阳光，在儿子身后，明媚得晃人的眼。

智慧开出的并蒂花

每天下午回家，都会在小区看见那对老夫妻。他们的头发白了，像堆着早春的雪。大爷的背，快驼成了一张弓。他们相依相偎，在休闲绿道漫步，一圈又一圈。大爷患有腿疾，身体较差，婆婆总是用双手扶着他。左手臂扶久了，就换到另外一边。他们小声地交谈着，时不时地停顿下来，指点着旁边的花花草草。婆婆还会鞠下身子，嗅一嗅那刚绽放的花儿，或唤一两声从身边跑过的小狗，脸上始终挂着淡淡的笑容。时光安静，风儿轻轻，周围的世界仿佛都与他们无关，他们尽情分享着美妙的光阴。

散步归来。婆婆走到铁门口，却迟迟不进去，站立一侧，手臂伸直，在等着蹒跚的大爷从后面跟上来。走拢了，婆婆搀扶着大爷上楼回家。望着他们温暖的背影，感动的情愫像宣纸上的泼墨慢慢濡染浸润开来。

暮色黄昏里，他们习惯成自然的动作盛满了爱意。我知道，这就是相濡以沫、不离不弃。

早上走路上班，要经过一个露天茶铺。一株枝繁叶茂的构树盖住了大片天空。三三两两的居民在树下喝早茶，很多鸟笼挂在枝条上，串串清脆的鸟鸣荡荡悠悠。

总能看见一位偏瘫的老婆婆在练习走路。丈夫在前边一只手臂的距离引领着、保护着妻子，鼓励妻子丢掉拐杖徒步前行。妻子走得很艰难，每挪动一步都得咬紧牙关付出很大的努力。

走一两步，丈夫就上前扶住妻子喘会儿气，然后放开手，让妻子再走几步。像小时候父母教小孩子学走路，充满绵绵的爱心和耐心。大清早的，老两口的额上闪着亮晶晶的汗珠。

每次路过，我都会向他们投去敬佩的目光。我知道，那一只手臂的距离其实是用爱铺就，闪耀着迷人的光泽和魅力。

他们也曾年轻过，也曾品尝过风华正茂时爱情的芬芳与甜蜜，也曾体验过为人父母时子女带来的欣慰与快乐，也曾经受过人到中年时工作生活的责任与压力，更是领略过生命自然衰退疾病来袭时的无奈与忧伤。可敬的是，他们能够风雨兼程一路相随到老。

老，是一种境界。人生的磕绊艰辛，敢于担当。生活的龃龉纷争，勇于化解。他们，犹如被岁月打磨过的两颗琥珀，所有的跌宕际遇都凝成其独一无二的花纹。

老，是一种智慧。没有激流险滩，人生不会像长河般地宽广壮阔。没有理想信念，婚姻不会像日月般地永恒闪亮。他们的白头偕老，是智慧开出的并蒂花，是爱情滋养的长生果。

漫长岁月里，他们一路芬芳着！

请你体谅我妈妈

底楼楼道角，总是堆满了报纸、废旧塑料和各色饮料瓶，不仅影响卫生，还给住户出行带来不便。有些抱怨，有些不屑，甚至鄙夷，都属正常。只因废品属于住在底楼的那位老太太，八十多岁了，头发已白得来晃人的眼，好多人还是忍了，没说什么。

小区临街，有超市、水果店、药房、茶铺等，还有一个很大的菜市场。老太太常出门转悠，手里总捏着矿泉水瓶、纸板什么的。小区的垃圾集中存放区，老太太也常去淘宝，一切可以利用的废旧东西都被她一点点地捡回来积攒着。攒来差不多了，就有人来上门收购。

有天下楼，恰巧遇到老太太和收荒人正在清点着饮料瓶，忍不住问道："婆婆，这堆废品能卖多少钱呀？"收荒人抢着回答，"可以啊，一个月能有30多元的收入呢！"老太太忽然不好意思起来，瘪着没牙的嘴，喃喃道："这些东西还有用，扔掉多可惜！"

回家，谈起此事，妻子忧心忡忡地说："该不是她子女对她不好吧？"一旁的母亲接上话题，"老张的妈妈还真不容易，三十多岁就守寡，带着女儿艰难度日。老张大了嫁到了部队上，老家就只有妈妈孤苦伶仃的。等女婿转业到地方，买了房子，才把山区的老妈妈接来照顾。老太太不识字，不打麻将，没啥事就在小区附近捡废品。"我有些愤愤然，"她那么大岁数了，当女儿的就不劝劝吗？"母亲则说，"老张咋没劝呢？甚至还吵过架斗过嘴，老太太就是听不进去！"母亲叹口气，去忙自己的事情了。

了解详情的人倒不说啥，不晓得的人还真以为是儿女虐待老人家呢！我想，老张的心里也很矛盾，很纠结。

老太太依然挪动着矮胖的身体，一次次弯腰拾起那些毫不起眼也没多少人在意的零碎废品。每次看见她，都不由得要招呼她一声，老太太脸上的皱纹就像花朵一样绽放，很慈祥很温和。她那浓浓的外地口音就会在耳旁温暖地响起，"回家啦！""吃饭没？""怎么今天没见你妈妈出来耍啊！"我听了心头一热。

晚上一家人正在看电视，有人按门铃，打开，母亲喊"老张"，忙把她让进屋落座。老张和母亲差不多的年龄，头发有些花白了。母亲问："老张，你忙啥子哟，咋气喘吁吁的？"老张喝了一口水，拖着方音说道："哎，还不是为我妈妈的事。楼道堆满废品，大家肯定有意见，我一家家地去说情，请大家体谅我妈妈。她勤俭节约一辈子，过惯了苦日子，见城里废品多，就捡来卖钱。家里人都反对，可她就乐呵着这件事情。我们也就顺着她的心意，有时还帮她捡些有用的东西回来，让她老人家高兴高兴……"说着说着，老张就用衣角擦拭着眼睛。"请你们体谅我妈妈，她给你们增加麻烦了。"妻子急忙解围，"其实没什么，只要老太太喜欢，就让她做好了，这也是孝顺啊。"母亲点头称是，老张也如释重负，感激地笑了笑。

从此，家里有什么废旧物品，母亲出门的时候就顺便带下去。儿子的易拉罐、塑料瓶也给老太太留着。那么大年纪的人了，还能拥有多少时日呢，大家微不足道的帮衬，能让老太太高兴就好。

说实话，我们从乡下来到城市的父母，说是让他们享福，可劳动惯了的他们离开了土地就真的能安下心来享福吗？他们保持了一生的生活习惯一旦被改变后，内心快乐吗？来到儿女身边，被儿女照顾，闲来无事又有没有觉得自己从此就没用了呢？尊重父母的习惯，让他们老了也很有尊严地活着，就像老张对待她妈妈一样，不是很好吗？

因劳动而快乐着

儿子买了新房，把乡下含辛茹苦了大半辈子的父亲接到城里来同住，希望父亲的晚年如深秋的花朵一般娇艳与美好。

初来乍到，儿子带父亲游公园、逛商场、转广场，城市的五彩斑斓让父亲像个小孩，成天乐呵呵的。闲暇时，儿子就把父亲介绍给小区的老年人认识，一起聊聊天，下几盘棋，打几圈麻将。儿子心想，一定要留父亲在城里过舒心惬意无忧无虑的生活。

才没过多久，父亲就喊身子骨发软，打不起精神。儿子好说歹劝把父亲送到医院检查。说实话，父亲一大把年纪了，还没体检过一次呢。结果安然无恙，皆大欢喜。可父亲闹着要回去，说在乡下做农活出一身臭汗舒服通泰，说乡里乡亲那么多，串门拉家常随便自在。儿子阻拦，说，过段时间就适应了。父亲说，要不你给我找个事情做，免得我闲着慌。儿子断然拒绝，接你来就是让你享福的，咋能让你再折腾？父亲默然。

有天一大早，父亲就对儿子说，我骑你的自行车出去转转，中午别管我，我在外面随便吃点什么就行了。儿子连连点头，赞同父亲去主动感受城市气息。想不到，晚饭在桌上都凉了，父亲还没回家。儿子很着急。看来得给父亲买部手机，人生地不熟的好方便联系。儿子下楼连续问了几位老伯，都无果，忙向小区大门奔去，却见父亲风尘仆仆地骑车回来了，鞋子、裤腿沾满泥土。是不是父亲闲不住出去当搬运工了？那一刻，儿子脑中闪过这一念头。父亲却大大咧咧地拍拍裤腿，说，城里灰尘大，在外跑一天，哪有不脏的？说罢，洗手吃饭。席间，父亲胃口又恢复从前了，稀里哗啦刨了三碗饭，吃得很香。儿子心里暗暗高兴，看来父亲快要接纳这个城市的家了。

连续几天，父亲都是早出晚归，一副很忙碌的样子。话也多了，说哪儿待建的楼盘好大好大，要浪费好多好多良田；说哪儿种子市场种类繁多，乡下难见的作物品种都应有尽有；说城里的蔬菜又贵又不新鲜，老家田边地角随便种点出来都比它们强……儿子听着听着，一个个问号在肚子里七上八下。"爸，你白天干什么去了？不会去种地了吧？再说城里也没地让你种呀？"父亲突然哑了口，像犯了错似的低着头，连手都不知该往哪儿放了。儿子挪到父亲身边，拉着父亲的手，摩挲着他掌心的老茧，心疼地说："爸，妈走得早，你既当爹又当妈地拉扯我，供我读书求学。如今，我在城里有了落脚之地，把你接来享享福，你给我孝敬的机会，好不好？"父亲缓缓抬起头，早已浊泪横流。"娃儿啊，我晓得。刚来城里还有些新鲜，但久了，我也就倦了。我看见不远处有个楼盘还没建，许多空地撂在那儿可惜，我买了锄头开垦了一块出来，准备种点蔬菜。怕你埋怨，我连锄头都不敢带回来……"父亲絮絮叨叨说完，心里的石头落了地，儿子的心却像棉花一样软了。

父亲为恢复了他的农民身份而高兴，像个上班族准点去侍弄他的菜园子。双休日，儿子就去帮父亲打下手。春天的菜园子，生机盎然。茄子、辣椒青葱蓊郁，豇豆、四季豆开满紫白色的小花。冬瓜、南瓜的藤蔓在坡地肆意攀爬。令人惊喜的是，父亲种了一片油菜，花香扑鼻，蜂蝶缭绕。父亲拄着锄头，喜滋滋地欣赏着自己的"杰作"，满脸的皱纹开成了儿子心头永远不败的花朵！

爱心，为你储存幸福

在 QQ 空间里读到他写的日志，是写给天堂里的母亲的，文字朴实，感情真挚。

母亲四十岁时将他带到世上，陪伴他走过十五年。

他五岁那年，疾病夺走他二哥的生命。二哥刚满二十岁，正是风华正茂的年龄。

他六岁那年，唯一的姐姐也因病匆匆离世。一朵娇艳的花儿就此凋谢。那年，姐姐十八岁。

那些疾病在今天看来，并不是无药可救。但山区医疗条件的落后，没能从死神手里夺回亲人的生命。

接踵而至的不幸，击垮了母亲。病魔啃噬着母亲的躯体，病情越来越重。

他常守在母亲床边，为母亲端茶送水，为母亲排解寂寞。

每天离家去学校，他总是忧心忡忡，怕放学回家，就再也看不到母亲了。

母亲坚韧地撑持着。母亲的心思，他懂。多拖些时日，让他长大点，会照顾自己了，就可以放心离开。

母亲走时已形容枯槁、骨瘦如柴。留给他一张 500 元钱的存单，嘱咐他好好读书。

就是这份博大深沉的母爱，这张母亲舍不得拿来看病而执意留给他读书的存单，教会他坚强，催促他奋进。

初中毕业，他考取了中等师范学校，成了我的同学。

他显得"另类"。

内向、孤僻，不合群。坐在教室最后一排，没声没响。

衣服老是大一号，袖子把手遮得严严实实。

直到一次上体育课，同学们才明白了他的孤单。

测试"引体向上"，该他上场。老师连续叫了几次名字，他才慢腾腾挪到单杠下，像是鼓足了很大干劲儿似的，平地一跳，双手握杠。

那一刹那，同学们惊呆了，他左手大拇指侧多长了一根指头，在初夏的阳光里，那么显眼。

遮掩多时的秘密曝光。他没有退路，脸红得像火烧云。

原来，每个人都有不愿示人的秘密，每个人的孤单和卑微都有出处。太在意，就成了压在心口的石头。不当它是一回事，别人也没法把你怎样。

寂静片刻后，同学们开始为他数数，为他加油呐喊。

那节体育课，注定难忘。那个微醺的五月，他长长舒口气，肩上的千钧重担终于落下，一身轻松。

后来，他犹如小溪流终于汇入了集体这条大河，脸上终于有笑容绽放。

想不到，新学期回校的第一天，他放在箱子里的学费不翼而飞了。

那可是他辛辛苦苦在假期打工挣来的血汗钱啊！

唯一的线索，他的学费积攒在箱里有些时日，染有卫生球的味道。

几个要好的同学安慰着他，商议不要声张，按兵不动，暗暗察访。

终于有人发现，同寝室的一位同学举止异常，买东西付的钱有股卫生球味儿，嫌疑很大。但证据不足，不便当面质问。同学们请假骑自行车奔波了三十里路到那个同学的家，了解情况。

终于水落石出。那个同学认了错，将钱如数退回。那若有若无的卫生球味儿，突然变得清新好闻。

这事直到毕业，都只有他们寝室的几个人知道。大家懂得，成长过程中谁都可能犯错，给机会让他改过自新，再为他保留一份尊严，是多么重要！

中师三年，如歌行板，许多怅惘迷茫，许多欢声笑语，都成了青春年华里不可缺少的章节。那些美好的回忆，定格在岁月深处，渐行渐远。

时光坐着滑板飞翔，毕业23年了，还从未见过他。毕业10年的同学会，因路途较远他没来。那些熟悉的面孔里少了他，那张精美的同学录里只有他的名字。

只知他回到了家乡的小山村，在那所九年一贯制学校里任教小学语文。那里有清秀的山，碧绿的水，有养育他的土地，有他的父老乡亲，还有他挚爱着的学生。

2008年汶川地震，他家乡在震中附近，属重灾区。媒体的连续报道，揪着人心。辗转获知，他平安。

后来，他从同学那儿得知我的QQ号，加了我，偶尔闲聊交流。

因地震，他学校的好多孩子失去亲人，好多孩子都需要实实在在的帮助。他每月都要从自己微薄的工资里拿出一部分，给班上困难的孩子添置学习生活用品。他用爱心，为他人储存幸福！

逛他QQ空间相册，他带孩子去野炊，天真活泼的孩子团团围住他，他笑得很甜很知足。他和孩子打雪仗，皑皑雪地里，他的身影那么矫捷轻盈。我明白，他的快乐、他的梦想都植根在家乡那片沃土。那里，没有轰轰烈烈，没有鲜花掌声，却有简单的充实，却有内心的安宁！

逝水流年里，依然想他

弟弟的出生注定了不合时宜。正值国家实行计划生育政策，已有一儿一女的母亲又怀上了弟弟。母亲是无论如何也舍不得终结一个刚刚成型的生命，她要他来到这个世界，给他生命的欢乐与自由。由此，母亲付出了沉重的代价。弟弟还没满月，母亲就拖着虚弱的身子去做了绝育手术。公社医院医疗技术落后，母亲伤口感染，只得动第二次手术，术后没得到很好的休息，落下病根。但母亲无怨无悔。

父亲残疾，为生计操劳奔波。母亲体弱多病，与医院打交道成了家常便饭。困窘的日子、无助的心情像魔鬼的影子与他们紧紧纠缠。每当母亲发病，孩子内心就无比恐惧。母亲总要把子女叫到跟前，叮嘱他们听父亲的话，要求哥哥照看好妹妹弟弟。母亲被邻居抬往医院，最先痛哭出声的总是弟弟，一发不可收拾。他懂得弟弟的恐惧，却不知如何安慰弟弟，只能紧紧搂住他，告诉他有哥哥姐姐在，不要害怕。

八岁那年夏天，大院发生火灾。家顿成废墟，烟尘和焦煳味四处弥漫。大人忙碌乱窜，孩子六神无主。后来，家族里信封建迷信的长辈请了"巫婆"做法式，说是一个小孩搞火引燃的。最后把罪过推到还不怎么懂事的弟弟身上，导致整个家族对他家的仇恨，甚至剑拔弩张、大动干戈。父母亲拼了命要讨回公道，结局却不了了之。

这次变故，彻底改变了弟弟性格，他常常一个人待在角落发呆，性格变得暴躁、叛逆。弟弟的变化，成天劳碌的父母并没多在意。

其实，弟弟聪明、敏感，凡事有自己的见解和主张。七八岁的时候就自治竹夹，到秧田里捉黄鳝，养在木桶里，累积多了拿到镇上去卖。当弟弟把一大把零碎的钞票捧给母亲要母亲买药治病时，他看见母亲心疼的眼神以及随之涌出的泪水。那一刻，他发誓，长大要当医生。

父亲外出打工的收入，基本上都花在了母亲病情的治疗上，家里捉襟见肘、一穷二白。可父母依然勤劳持家，依然充满希望。因为家在，就什么都在。

读中学，弟弟和同学发生冲突打架，被老师打了几耳光，他不服和老师对骂，被罚站办公室，几天不准上课。弟弟开始逃学，等父母知道实情，结局已无法挽回，弟弟被学校作为"害群之马"开除了。从此弟弟流落社会，四处漂泊，承受着生活之重。父母深深自责，却无法解开弟弟心头的死结，任他放逐、飘荡。

弟弟说他后悔没继续学业，只能干些脏活累活，但能挣钱贴补家用，他说还是值得。他说他内心荒草丛生，从小缺乏疼爱，无法和含辛茹苦的父母沟通，他活得好累好累。叹息，在香烟的迷雾里缓缓坠落。他和弟弟的心，一起疼痛。

雪花飞舞的那个寒冬，弟弟因意外伤害在医院昏迷了五天五夜，没留下只言片语，悄无声息地走了，像流星划过夜空，像昙花匆忙一现。他眼角溢出的清泪，在时空缓缓凝固。

二十二岁的青春，猝不及防地凋零。痛，却在以后很长很长的时光里隐隐作祟。

每年清明节，他都要到弟弟坟头，枯坐一个时辰。尽管人海茫茫，阴阳两隔，他却执着地相信，思念一个人的时候，他的灵魂就会来到身边。

常在梦境里和弟弟相逢，都是他小时候的样子，坐在老屋门前，阳光慢慢挪过来，照着他天真无邪的脸庞，安静，明亮。

爱已十年

十年，足以令激情冷却，足以令物是人非。但她对丈夫的爱一直都在，她以女性的博大胸怀、执着爱心、绵绵情意、诚信美德，携丈夫一路走来，风雨兼程，心手相牵，可歌可泣。

"强直性脊柱炎"，慢性病，治愈率低，称为"不死的癌症"。他罹患此症，在风华正茂、血气方刚的年龄。那年，他们刚刚步入婚姻的殿堂，小生命正在母体孕育。

好多次，他狠下心来对妻子说："趁早把孩子打掉吧，我已经是个废人了，孩子出生后，你一个人要照顾两个人，咋过啊！"妻子横下心来，斩钉截铁地说："就是砸锅卖铁，也要为你治病，把孩子带到世间。"

一个弱女子，开始变得泼辣、干练，而且越来越坚强！听到哪家医院能治疗类似病症，就想方设法带丈夫前去问诊。跑遍附近区县医院，连偏僻的乡村医疗站都曾去光顾。由于家庭经济困窘，不能去有条件的大城市医院救治，妻子就在网上咨询专家教授，查找药方。有时为了配齐一服中药，她跑遍区内大大小小的药店，不言苦累。因为，她相信，爱能产生奇迹。

儿子出生后，她左边一个大娃娃，右边一个小娃娃，顽强撑持飘摇欲坠的家。她知道，自己必须是棵大树，风雨里，有勇气去遮挡，烈日下，有责任去承担。家，因病致贫，债台高筑。为控制丈夫的病情，她咬咬牙，将丈夫和孩子托付给公公婆婆，南下广州打工。临走那天，她望着蹒跚学步的儿子，看着被病魔折磨得憔悴不堪的丈夫，心如刀绞。

鞋厂，每天工作十二三个小时是家常便饭。为了多挣钱，她脏活累活抢着干，甚至加班到凌晨，累得腰都直不起来。每月两三千元的工资除去必要的开支，全都寄回家。她怕时间停顿下来，只要一静下来，丈夫和儿子的身影就揪扯着她的心，一阵阵地疼。她最怕接到儿子的电话，儿子喊"妈妈"，她的心就融化了，成了一汪汪泪泉。

五年，整整五年，她与家人的手遥遥相牵，千山万水，阻隔不了爱与亲情的传递。儿子马上要上小学，公婆年岁增大，丈夫病情不容乐观，现实像道陡峭的坎，再高再陡她都得逾越。她毅然停止迫不得已的漂泊，回到久违的家。只有家，才能安放心灵，才能抚平沧桑！

丈夫的健康状况持续低迷。颈椎脱落，安上钢条，颈部再也不能动弹。下肢关节变形僵硬，不能弯曲，走路只能艰难挪动，吃饭只能勉强站着。区残联赠送的轮椅到如今还没拆封，待在屋子角落，可怜巴巴地成了摆设。

丈夫的病情再也离不开人了。问诊服药，穿衣吃饭，端屎接尿，全凭妻子一人忙活，沧桑过早爬上这位三十多岁女人的脸庞。有很多次，亲戚朋友都劝她说，你还年轻，趁早对自己的人生重作打算吧，守在这个家里，何时才是出头之日啊！可善良贤惠的她，有着中国农村妇女传统的坚强、隐忍和任劳任怨的美德。丈夫脾气暴躁易怒，心理敏感多疑，妻子理解。其实，丈夫心里也难受憋屈啊！男子汉大丈夫本该是家里的顶梁柱主心骨，可他却无能为力，还需妻子伺候。妻子任由丈夫情绪释放，她知道，丈夫闹一闹，心里会好受一些。

他好想在阳光照耀的午后走出户外，让清新的空气在耳旁缓缓流动。好想在春暖花开的时节步入自然，让花香鸟语在心中轻轻流淌。这些对于常人来说举手之劳的事，于他则成了奢望。他只能躺在床上，任由时钟的脚步走过。生活给予他的是不幸，幸运的是有不舍不弃的妻子，有关心自己的年迈父母，还有逐渐长大乖巧懂事的儿子。

儿子用他纯净清澈、天真明亮的温暖浸润着父母的心。儿子每天帮父亲洗澡，穿衣裤，陪父亲聊天，汇报学习情况。父亲发脾气了，儿子劝父亲说动怒伤身。母亲对父亲说话声音大了，儿子劝母亲多忍耐。有一次，夫妻俩因家庭琐事发生口角，互相赌气不理。儿子连续两天晚上照顾父亲，很吃力。他对妈妈说："妈妈，我终于理解了你的苦楚，你再忍耐忍耐，等几年儿子长大了，就来接照料父亲的班。"妈妈揽过儿子瘦削的双肩，欲语泪先流。

她爱听汪峰《怒放的生命》。"曾经多少次跌倒在路上，曾经多少次折断过翅膀，如今我已不再感到彷徨，我想超越这平凡的生活……我想要怒放的生命，就像飞翔在辽阔天空，就像穿行在无边的旷野，拥有挣脱一切的力量……"是的，任何阴霾都无法阻止生命的怒放！那些酸甜苦辣，那些悲伤迷茫，都消融在相濡以沫的岁月里，隐没在花开日落的生命里。只有爱，还刻在彼此心里。

他们的爱，没有豪言壮语，没有海誓山盟，有的只是关怀与照顾，责任与担当。他们的爱，已十年，并且，还在继续！

她，让我肃然起敬

竹林丛丛，杂树林立，落叶覆地，静寂无声。三间 20 世纪五六十年代的民房，被浓荫笼罩，阴郁陈旧，有隔年的气息。竹篾编织的墙壁上，草泥已经脱落，露出缝隙，结着蛛网。有些缝隙，用纸板、层板粘上，像一块块补丁。承重的土墙，蜂眼密布，有些倾斜，用木棒撑持。潮湿的墙角，几朵野菌开出烂漫的花朵。屋顶的石棉瓦，历经多年，不堪重负，龇牙裂缝。倒伏的竹竿将房顶覆盖，旧房，似褓褓中的婴儿，脆弱、无助。

这里，住着一位八十多岁的老人，平静，坚韧，守着每一个晨昏，守着缓慢的时光。

其实，这里距繁华喧嚣很近。随院边溪流的叮咚声，走上水泥路，绕过几排厂房，就到了外面车水马龙的世界，一个第三产业发达的小镇。

镇村干部动员她进敬老院。那里，绿荫遍地，鲜花盛开，窗明几净，生活舒适，是老年人思想交流、颐养天年的乐园。可她不愿离开，不愿给政府添麻烦，她习惯了老屋的味道，习惯了在老屋里慢慢回忆。

那个贫病交加、风雨肆虐的黑夜，她九岁的儿子在母亲怀里沉沉睡去，从此不再醒来。儿子带来的幸福与快乐，转瞬消失。她痛苦了很久，痛苦得白发早生，但她没有倒下，而是痛定思痛，振作起来，因为，生活还得继续。

那个北风猎猎、滴水成冰的夜晚，她相濡以沫五十载的老伴丢下她，一个人先走了。相依相偎的牵手与甜蜜，戛然而止。她哭干了眼泪，憔悴了躯体，但她没有倒下，而是收拾伤悲，坚强面对，因为，家还得有人守护。

生命中最最重要的两个人走了，如今，风烛残年里就只有她孤零零的一个人了。

老人说，我还得把这个家打理好，丈夫和儿子才有家能回，才会经常回家看我。

老人说，活到今天，能够高寿，我很知足，很幸福，很感恩。

摔倒造成偏瘫，是邻居毫不犹豫送她前往医院，轮流照顾。

生活用水困难，是邻居隔三岔五为她提桶打水，送到家里。

生火煮饭琐碎，是隔壁租房收荒的夫妻邀她搭伙，嘘寒问暖。

因土地征用，村社为她买了社保，她在晚年也可以像城里人一样领上一份"工资"。

老人说，有党和政府的惠民政策，欣逢眼下的盛世光景，我没理由不好好活着。

每个人都有每个人的生活方式，快不快乐，幸不幸福，只有自己知道。老人住着简陋破旧的房屋，吃着简单的粗茶淡饭，经受着年老带来的种种病痛，她隐忍，她乐观，不抱怨，不沉沦，不奢求，不攀比，她一颗泰然坦荡之心，足以抵挡世间所有的风风雨雨。

只是，作为一名农村空巢老人，时有冷清和孤单。她常挂着拐杖到附近的老茶铺坐坐，在喧哗的人语中打发空闲时间。或在房前屋后的空地里栽几棵青菜，种几把葱蒜，活动活动筋骨。

新都义工群的志愿者们坚持去看望她，慰问她，用博大无私的爱心走进老人的精神世界，给她力量，给她温暖，给她阳光，给她希望。

那个阳光灿烂、秋韵弥漫的日子，我随义工群的几位爱心人士带着过冬棉被、时令水果及一些营养品，前往老人家中，和老人说说话，拉拉家常。

卷成筒的晒席，打猪草的背篓，捞柴的竹耙，盛粮食的黄桶，黝黑的方桌，蒙灰的立柜……老人的家什，让我们回到了久远的农村时代。老人指着她结婚时添置的大花床和梳妆柜，脸上闪现娇羞动人的笑容。她皱纹密布的双手抚摸着那些雕花的木格，那些锈迹斑斑的门扣，像是抚摸自己的孩子，眼里满是柔情和爱恋。她舍不得丢弃，舍不得卖掉，把它们留在身边，留在深深的岁月里。

门前的花台，还仅剩一角。芦荟生长旺盛，一笼笼的，散发出水绿的光泽。几支野菊，开出金黄色的小花，有淡淡的清香弥散。旁边高大的柿树，结满果实，一盏盏红红的小灯笼，悬挂枝梢。有阳光的午后，老人端把竹椅，坐在树下，看雀鸟叽叽喳喳地在枝头享受美餐。她的回忆便走得很远很远，拉得很长很长。

望着面前这位饱经风霜、精神矍铄的老人，我想，任何困难，再大风雨也无法击倒她，因为，她生命倔强、内心强大，她拥有的生存力量、生活智慧令我们后辈肃然起敬。

暮年岁月里，祈愿她安静快乐地生活，并且平安健康！

今生，已无法重来

本来人生已没啥悬念。老婆温柔贤惠，女儿聪明勤奋，他在外打工赚钱养家，日子虽然清苦平淡，但家庭充满温馨，泛着暖意。

想不到，三十五岁的一场变故，人生从此偏离正轨。

因工人间的口角，双方发生厮打。身强力壮的他丧失理智，将对方眼睛致瞎，换来六年刑期。

六年，说长也不长，说短也不短。高墙里的他洗心革面，在劳动中用汗水洗刷着曾经的罪过。

只不过，这六年对他来说，变数太大，难以置信。

他服刑期间，老婆为了养家，将女儿托给爷爷奶奶照顾，赴外地务工。

正处于青春期的女儿，敏感、多愁、内向、孤僻。父亲的犯罪，是她无法言说的耻辱。母亲的出走，却将她心底仅存的温暖都带走了。她彷徨无助，她痛苦压抑，所有的悲伤无法释怀。

油菜花灿烂开放的时节，她与春光匆匆惜别，没为亲人留下只言片语，用一根鞋带就结束了年仅十四岁的豆蔻年华。

当狱警带着他千里迢迢回来见女儿最后一面时，他抱着女儿冰冷的躯体，吻着女儿僵硬的面颊，没有一滴泪水。因为，泪早已流干。

从此，夫妻俩从埋怨指责到形同陌路，最终协议离婚。都因无法面对一个如花生命的消亡。

年逾古稀的父母继续在老家破败的屋子里为他守望，为他守着一片精神的家园。

次年正月初四，年画、对联燃烧着火红的色彩，鞭炮的声响绕在耳边，过年的气氛正浓。可是，积劳成疾、忧郁过度的母亲因脑溢血撒手尘寰。

母亲是真的等不到他回来了，就一个人独自走了。

狱中的他再次陷入悲痛与绝望。

狱警又带着他回家奔丧。母亲的灵前，他长跪不起。

人生的许多重大场合，他都缺位。

女儿美好绚丽的年华，得不到他的呵护。

父母年老体弱的岁月，他没尽一份孝道。

妻子的疼痛需要抚慰，他却一个劲中伤。

人生是场单程的旅行，不可逆转，后悔无用。

他和父亲只有等待，等待他刑满释放后的团圆，等待他生命的再一次搏击。

出狱后的他，安顿好老父后，重走他乡，凭借自己的技术，想为自己打拼一份未来。

可现实残酷，没再给他机会。

工地上的他意外坠楼，生命在划过那道惊心动魄的弧线之后，戛然而止、寂静无声。

事故突然，毫无征兆。

老父捧回他的骨灰盒，雪白的头发在风中颤抖。

四十三岁的他，从此在尘世虚无。

人生，能重新来过吗？如果能，会不会有所改变？

今生的悲剧，不是从一开始就已注定。

而是，每一个"果"，他都提前种下了"因"。

人生，无法复制；今生，不再重来！

静静的时光里，我们想他

那个嗜书如命爱好写诗的老人走了，在冬天下了霜的早晨。

两个月前，应邀参加一个诗社活动，还看见他，特意走过去和他寒暄几句，欣喜的是他还记得我。要知道，二十多年前，我就在他家附近的那个村小教了一年书。也就在教书的那一年，一同参加征文活动，同获诗歌奖项。

他们诗社三十多个成员，最大的九十五岁，最小的也五十五岁了，多写格律体古诗。每周五，是雷打不动、风雨无阻的学习活动日。租在一个农家乐的活动室，布置整洁、简单雅致，大家围坐一起听讲座、谈创作、交流心得，其乐融融。活动室外，诗友们写的书法、画的画作，在阳光下熠熠生辉。

只有他是农民，住在农村，每次参加活动都得奔波十多里路，但他坚持，从未缺席。成为诗社一员，他找到了组织，觅到了知音，寻到了晚年的乐趣。

他有点闲钱就买书，家里藏书丰富，历史书籍、古典诗词、中外经典应有尽有。

得知他离世的消息，诗朋好友约着去送送他。

那天，阳光清冽，冬天的田野很静很空旷！

我们来到老人家的书房。

环绕四壁的书橱里，分类码放得整整齐齐的书籍赫然在目。地上的几个纸箱里，也存满了书。《二十四史》在书橱里尤为醒目，面上的牛皮纸封皮，染上时光的痕迹，已然泛黄。简陋的书桌上，老花眼镜搁在一本唐诗上面，折射出淡淡的光。他儿子说，老人最爱唐诗，最喜欢早上在田野里溜达几圈返回后，泡一杯清茶，迎着晨曦，诵读几首唐诗。唐诗，是老人几十年不变的营养早餐。

老人爱读书，爱思考，爱写古诗词，虽说一辈子也没写出啥名堂，但写作的过程，丰盈了他的人生岁月，赋予了他无比的充实与愉悦。

特别是在困难年代，物资紧缺、衣食皆愁，他仍在艰辛的劳作之余，沉浸书海，在那一块块温润的汉字里找到一方灿烂的晴空。

源于他潜移默化的影响，他的两个儿子一个女儿也与书结缘，爱上写作。白天各忙各的，晚上一大家人聚在一起，轮流出题，写同题诗，互相吟咏，试论高下。老父写的古体诗，儿子写的现代诗，女儿写的散文诗，各有千秋。那个身居乡野的农家小院，那个住房拥挤都要开辟一间书房出来的贫寒农家，每晚灯火亮得最早，熄得最迟。

年轻的岁月，我也喜欢诗歌，喜欢诗歌的曼妙空灵。曾与老人的儿子以及一大帮诗友合办了一份诗歌刊物，常聚在一起读书、看稿、交流，聚点好多次都选在老人家的书房里。一位青白江诗友骑辆破自行车跑五十多里路来参加聚会，谈起诗歌竟忘了晨昏。有些话题这次谈了下次又继续，都还是兴致盎然乐此不疲。每次离开，大家都忘不了在书橱里选一本心仪的书，回家细读。下次聚会，再还再借。老人的书房，在我们眼中犹如宝库，在无钱购书的羞涩日子里，轻而易举就满足了我们渴望读书的梦想。

那个夏夜，蛙鸣在乡村激情上演，稻田里、水渠边、竹林旁，到处都能与蛙声相遇。诗友们挤在老人家的院坝里，以茶当酒，就着满天星光，就着徐徐凉风，大摆诗歌宴席，从古代说到现代，从国外谈到国内，从这个流派说到那个主义，说到星星都累了，露珠都回家了。老人一直陪着我们这些年轻人，他希望我们为文如为人，人品文品俱佳，他希望我们破茧而出，成为真正的诗人。

而今，真正成为诗人的倒没几个，但大家还是在工作生活之余，依然坚守，曾经绮丽的梦想。

那个嗜书如命爱好写诗的老人走了。

我想，无论世事如何变幻，无论岁月如何更迭，他留给我们的精神财富永远都不会丢失！

静静的时光里，很想他。

弟弟，天堂，还好吗？

十五年了，从没停止过想你。弟弟，天堂，还好吗？

那个冰冷的冬夜，当一纸通知单呈现在我们面前，看着医生取下你身上的仪器，爸爸泪已流干，唱着"把我的悲伤留给自己，你的美丽让你带走，从此以后，我再也没有快乐起来的理由。"为你盖上今生的最后一席被单。

我在医院旁边的树林旁，为你引燃鞭炮，点亮香烛，燃烧纸钱。黑色的纸灰飞起，像你渐渐飞走的灵魂。我顿时泪流如注。弟弟走了，一道生死之门隔开了我们。我不得不接受这个事实，二十二岁，在这个冷冷的夜晚画上句号。

那晚，弟弟你冷吗？天空飘着细雨，漆黑如墨，没一点星光。陪你到殡仪馆的路上，我满脑子都是你的影子。我知道，你就在我的旁边。只是，今晚，我们的兄弟情缘就到此为止了。为什么，你不能活得更久一些？为什么，你要把那么多的痛苦和思念留给我们在以后的日子里反反复复地咀嚼？

本来，我们已做好最坏的打算，用最好的医疗设备，让你的生命体征延续几日。想不到，这一刻还是猝不及防地来临。

因为，次日，你的姐姐将要出嫁，她将幸福地踏上红毯。我和爸爸断然决定，向妈妈和妹妹隐瞒你离世的噩耗。我们想要你姐姐的幸福，如期展开。

爸爸很坚强，在女儿的婚礼上，镇定自若，畅谈自如。可是，你姐姐的婚礼上，再也不见弟弟的身影。姐姐等你的祝福，可祝福在哪里？

婚礼结束的当晚，妈妈获知详情，终于崩溃。在老家的屋门前，跪地痛哭。我没劝她，因为她心里太苦。

你火化的那天，我提前请化妆师为你整理好妆容，为你盖上一床桃红的绒被，周围摆满鲜花。我想，最后的道别，让你安心、体面地离开。

我清楚地记得，当妈妈奔到灵前，喊了声"儿子"时，你的眼角流下清泪，清冽，决绝。

一柱青烟，你化为灰烬。我抱着骨灰盒，泪水流了一路。你已远走，这世上，我们，必须好好活着。

下葬前，阴霾漫天。下葬后，天放晴，露出霞光。紧接着，飘起冬天的第一场雪，细密，绵长。

我把你生前的所有衣物拿到坟前，付之一炬。我不想让爸爸妈妈睹物思人，过度伤心。

烟雾，在坟头久久不散。我点燃两支香烟，你一支，我一支。时间的尽头，我们再见！

那一年，妈妈一头青丝全部变白。

那一年，爸爸的腿病一次次复发。

弟弟，你知道吗？我心里很难过。二十二年的手足情，不是说放下就放得下的。我知道，我必须坚强，做父母温暖的依靠。

弟弟，你知道吗？我用了好长好长的时间，才让爸妈走出封闭的心灵，让爸妈在阳光下露出笑颜。

弟弟，你知道吗？我必须十分地用心和努力，才能支撑起爸妈的骄傲与自尊，才能填补上你走后在爸妈心头留下的空白。

弟弟，你知道吗？你走后的十五年，我们无时无刻不在想你。

但愿天堂的你，一切安好！

妈妈，说好要坚强的

那张病危通知单，我一直装在随身的包里，它让我警醒，教我珍惜。还记得，签字时，我手在发抖，心跳厉害。因为，一切都始料不及，一切都恍然如梦。

那一刻，我是无论如何也想不到妈妈会摔得那么严重。当我匆忙赶到医院，妈妈的 CT 报告已出来，重度颅脑损伤，脑疝。妈妈不停呕吐，瞳孔扩大，昏迷不醒，转院已经来不及，须尽快开颅降压，生命或有一保。

可是医院脑外科的主任赴外省进修，科室的陈医生是中途转行到的脑外科，对手术没啥把握。咋办呢？姨父的朋友，医院退休返聘的外科李医生临阵主刀，陈医生当助手，为妈妈做开颅手术。

那一刻，我祈愿妈妈顺利度过劫难。在通往手术室的途中，我紧握妈妈的手，叩击她掌心，告诉她要坚强，我们要永远在一起。妈妈面孔通红，呼吸紧促，抢救生命就是与时间赛跑。我拜托医生，全力抢救，不计代价。我相信你们。

那晚，闷热的天气有些转凉，手术室外长长的走廊静寂无声，只有时间的脚步滴答，一声声敲击着心坎。我知道，煎熬我的，是一场没有硝烟的战争。这一仗，妈妈，你一定要赢。

细想妈妈这一生，活得艰难不易。

曾经四次手术，让她心力交瘁，疲惫不堪。

第一次手术是 20 世纪 70 年代中期，妈妈生了弟弟后，响应国家号召，去公社医院做了输卵管结扎手术。那时正实行计划生育政策，只要生了二胎的育龄夫妇必须得有一方去公社医院做节育手术。好多人躲、拖、避……啥子法都想了，最后还得由公社驻村干部以及生产队干部监督着强制去做手术。不去不得行啊，生产队扣你口粮，处处拿小鞋给你穿，让你无法选择。经历过那个时代，或者看过莫言小说《蛙》的人，对那段历史应该刻骨铭心。像我们那个家庭，父亲残疾，妈妈作为家里的顶梁柱，在那年月，希望免去节育手术，采取其他避孕措施。可是，没人理解你的困境，没人倾听你的诉求。本来，做这个手术对身体没啥影响。只怪那时医疗条件差技术人才缺，不管医术如何，凡是披上白大褂的都敢上手术台，还一个劲地嚷着要完成上级下达的指标任务，哪管人的生死健康。妈妈就是遇上了庸医，手术感染，二次手术，落下病根。用现在的话来说，这是一起医疗事故。妈妈默默忍受了。幸好我妈妈没当上访户，不然我家就完蛋了。那时人的法律意识淡薄，国家的法制不健全，谁真正为你伸张正义给你个说法。你荒废了时间和精力，到头来啥也没有。曾看过一则类似的案例，夫妻上访讨公道，孩子无人管，田地荒芜，家徒四壁，村里的殷实户变成了特困户，可悲可叹啊。只是，真难为我妈妈了。

妈妈在病床躺了很久才出院，由于缺乏科学护理，妈妈患上肠粘连，经常腹膜发炎，疼痛难忍。遇上生理特殊时期，病情更甚。那年月，妈妈常年与医院打交道。妈妈病情发作，疼得坐不稳车，只得坐滑竿，就是在椅子的两侧绑上竹竿，妈妈躺在椅子上，由两个壮劳力抬着一路呻吟的妈妈到医院。院子里的叔父们都抬过我妈妈，包括住在二叔父家的两个徒弟。红哥现在仍记得和大师兄晚上抬妈妈去医院的时候，没注意到医院大门上方的铁门栏，妈妈脑袋上碰了个大包，把他俩都吓坏了。

小时候，每天离家上学都心怀忐忑，怕回家喊妈妈再也无人应答；每次妈妈住院都假装坚强，告诉妹妹弟弟妈妈一定会回来；每次在手术室门口守望，心狂跳不止，还得忍着不让眼泪掉下来。

小时候，妹妹弟弟晚上怕黑，我唱着《大海啊故乡》为他们壮胆，哄着他们入睡。其实，面对煤油灯昏黄黯淡的灯光和四处漏风的墙壁，我也很害怕。

小时候，我带着妹妹弟弟到地里扯菜叶做猪草，积累着鸡窝里的一个个鸡蛋，盼望妈妈病愈回家。可是都大年三十了，家家户户放起了鞭炮，而我家还黑灯瞎火，三兄妹蹲在门口，等爸妈从医院回来。

妈妈第二次手术是在我上小学时。爸爸外出打工，妈妈硬撑着，肚皮都肿亮了，还不上医院，因为没钱。当爸爸将钱带回家，送妈妈到医院时，医生当着众人的面，呵斥爸爸还是个男人吗，老婆的病这么严重才送医院，知不知道疼惜人啊。爸爸面红耳赤，一脸羞愧，以至于他迟迟不敢在手术单上签字，他怕妈妈再出意外。等妈妈出了手术室，她的肠子已经被切除了一大截。

手术前，妈妈特地把我们三兄妹叫到床前，要我们听爸爸的话，要我带好妹妹弟弟，好好学习，一定要有出息。

那时，我的愿望就是长大了当一名医生，为妈妈以及众多患者解除病痛，换回健康。可最终，我无法实现自己的理想，初中毕业，我考取了不要学费、国家补贴生活费的师范学校，想早点就业减轻家里的重负。

现在，妈妈还对此有些歉疚，说没钱供我上高中考大学，不然我的未来还要好些。我告诉她，我已经知足，我很感恩。我感谢困窘的家庭，它让我早早独立，面对困难，一样的谈笑风生。感谢卑微的起点，它让我认清自我，面对来路，一样的举重若轻。我知道我的幸福来得不易，我懂得珍惜和拥有。

第二次手术后，妈妈恢复得很快，脸色红润起来，心情也好起来。妈妈也说，这下可能霉醒了。

我以为，从此我不再担惊受怕。

你可知道，我曾经是多么担心失去妈妈啊。

想着妈妈此次手术凶多吉少，生死未卜，外婆和爸爸商量，准备将我过继给她，外婆家没儿子，想让我继承王家的香火。

爸爸没吭声，屋子里沉寂得掉颗针都能听见响声。

我在隔壁房间佯装入睡，泪水顺着脸庞流个不停。

过了许久，爸爸沉闷有力地说，天塌下来，我都要给娃娃撑着。

尽管妈妈三天两头小病小痛，但没啥大碍我们也就放心踏实多了。心想，日子就这样平稳安宁地度过多好啊。即使贫穷，我们可以慢慢改变。只要家在，子女就有欢声笑语。

谁知，世事无常，生活充满变数。

没过几年安稳日子，妈妈又连续动了两次手术。

惊心动魄的是妈妈成为"老人"那年，下身出血不止，最开始还以为是生理特殊情况，她没在意。等拖了些时日，才警觉不妙。是不是发生农村老年人说的"血崩"？老人血崩，死路一条啊！

进医院，医生说子宫大出血，有肿瘤，不知道是否良性。

又是漫长的手术煎熬。

当医生端着托盘让家属看看妈妈被全切的子宫，小拳头那么大，已肿胀变硬，毫无光泽弹性。我突然泪流。这就是我生命最初的地方，因父母的机缘，我来到世间，成为独一无二的自己。我应该感激，这像小房子一样的子宫，温暖，舒适，父母倾其全部的爱孕育了我。如今，子宫游离妈妈体外，我的感伤无处可诉。

接下来，等待化验结果。

那个秋天，我陪护在妈妈身边，第一次独立支撑起妈妈信念的天空。我相信，吉人自有天相。

结果平安。妈妈再次战胜病魔，胜利归来。

出院时，医生说，你妈妈命运多舛啊，躲过这一劫，就平安到老了，医院不再欢迎你。

眼看着妈妈近年来心情愉悦，身体转好，子女成家立业，她和老爸该享享幸福的晚年生活了。想不到搭凳子拿东西，不慎摔落，脑部重创。妈妈再次徘徊在生死边缘，是命么？我拼命摇头，我真的不信。

我坐在手术室前的凳子上，默诵着《般若波罗蜜多心经》，为妈妈祈祷。妈妈笃信佛教，我念诵观世音菩萨的心咒，希望她能感应，能从心底升起强烈的求生欲念。此时，纵有千头万绪，纵使上刀山下火海，我都需要镇定，需要勇敢的担当，我盼望出现奇迹。

突然，手术室内当助手的兄弟宋宇让我脱鞋穿消毒衣帽进手术室。爸爸急欲跟进，他不允。当时我脚一下软了，脑子里一片空白。

连接换衣间与手术室的通道最多不过十米。可我觉得漫长，我感到力量在我身体里一丝丝抽离。

手术台上，妈妈头颅已打开，右脑脑髓裸露，医生正有条不紊地清除瘀血。李医生说，妈妈脑髓向左挤压，卡在头骨里，无法纠正，能否正常回位，要看妈妈的造化。原来，李医生是要我知道妈妈的病情到底有多么严重，他告诉我，他们会全力以赴。

两个多小时的努力，妈妈手术成功。紧接着再打 CT，妈妈头部的中轴线已经有些回正，被挤压到右侧的脑髓基本回位。医生告诉我，妈妈至少还有十五天的危险期，前三天最为严重，要度过脑水肿、肺部感染等术后的几个关口。

妈妈被安置在重症监护室，持续昏迷。

各种颜色的管线，一头连着监测仪器，一头系着妈妈的身体。腿脚，手臂，挂着吊针，药液一滴滴注入，像是一滴滴生命的火种。

次日早上，妈妈肢体有了反应。李医生说，手术很成功，依据妈妈目前的状况以及医生的临床经验，应该说没生命危险。

接下来的时间，我们一边遵照医嘱，全天候精心护理，一边期待药物的疗效，能让妈妈早些醒来。

我握着妈妈的手，呼唤她，告诉她，如果你听见儿子的呼唤，就用手指叩我的掌心。我把妈妈的手指放在我手心处，全神贯注观察她手指的动静。真的就那么一下，妈妈用长满老茧的手指轻轻触了下我手心。那一刻，我心底满是喜悦，妈妈生命出现曙光，妈妈加油！我们一起努力！

脑水肿如期而来。妈妈的头肿得像个小面盆，面部的皮肤都发光发亮。

医生说，针对脑水肿，人血白蛋白效果很好，但比较贵，他们医院没有储备。

我想到了妹夫的哥哥是一家大医院的医生，找他帮忙，买了两组。恰遇初夏，天气渐热，药品需要低温储存。从温江到新繁，妹夫一路像捧着婴儿一样呵护有加地用冰块包着药瓶。一天一组，剩余的一组还得放在二姑妈家的冰箱里，要用再马上带回医院。后来，妹夫的哥哥又以别个医生的名义在医院分了一组。爸爸找到一家医药公司的会计，请他找医药代表买了一组。一共四组人血白蛋白，如救命的绳索，有效控制住脑水肿。

妈妈，却还在昏迷。妈妈，醒来，好吗？

当看着她的手脚轻轻地动一下，我会像小孩一样欢呼，像得到生命中重要的嘉奖。当翻动她身体，见她无意识地轻启眼帘，我像夜晚看见星光无比的激动。当妈妈感觉到疼痛而眉头紧皱时，我摇着她的手，像钟表的指针被注入了无限动力。

妈妈的每一丝反应，都烙进心里，开成了一朵朵的花儿。

妈妈，多想您突然醒来，喊我的小名，轻轻的一声，我也会热泪盈眶、心潮涌动。

那个霞光满照的黎明，阳光透过窗户照进苍白的病室，病床上的妈妈被镀上一团金光。我用手巾揩拭妈妈嘴里的痰液，她紧紧咬住我的手指，我无法逃脱，但我还是大声喊她使劲，因为妈妈给我的疼痛让我心生希望，让我看到光明！

好想去看你

老家的餐桌上，我问：爸爸，今年生日请客不？在"农家乐"摆几桌，把您兄弟姐妹、三朋四友请来聚聚，行不？

人老了，喜欢热闹。人老了，想念亲人。

可是，爸爸拒绝了。

他说，你陪我出去走一圈就行了。

他想起了大邑的彭大爷。想去看看老朋友。

20世纪90年代初，爸爸在成都北门外一家响当当的家具企业上班，彭大爷做木材生意，来销售木料，爸爸负责验货。

冬天雾气弥漫、寒冷彻骨的早晨，爸爸发现彭大爷蜷缩在一件半新旧的军大衣里，脸色铁青，嘴唇乌紫，全身哆嗦，说话断续。一双睿智明亮的双眸，有些疲惫和黯淡，很明显传递出一个信号：生病了，而且不轻。爸爸二话没说，以不容商量之势用三轮车把他送到就近医院。挂号、就诊、缴费、住院，等一切手续就绪，药液一滴滴输入病人的身体时，爸爸已经汗流浃背，内衫湿透。

彭大爷高大，健壮，尽管比爸爸大十来岁，但和腿部有残疾、走路颠簸的爸爸相比，还是要精干利索许多。

爸爸瘸着腿跑上跑下，本来就有严重支气管炎的他，更加气喘，上气不接下气。

一天一夜，爸爸尽职守在病床边。一直等到彭大爷的儿子来了，爸爸交了差，才如释重负。

一个仅仅见过几面，没有啥子交集的人，遇到困难，爸爸伸出援手，给予力所能及的帮助。这只是爸爸善心的本能，换了其他人，他一样会鼎力相助。

因了这缘分，他们成了朋友。

彭大爷家住大邑山区，一个儿子在乡镇上当了领导，一个儿子在老家办家具厂。彭大爷老有所依，衣食无忧，大可不必跑那么远来做木材生意。可他像众多的老农一样，劳碌命，闲不住，忙起来，很舒心。

彭大爷念恩情。

那些年，他总想方设法送些东西给我家，吃得的吃不得的都送。山猪肉、羊腿子甚至晒席、锄把……不起眼，但很暖心。

爸爸一再拒绝，彭大爷我行我素。

后来，因年纪大了，彭大爷不再出山，留在老家帮儿子打理生意。

逢年过节一个电话，听听声音，聊聊家常。知道对方尚好，心就安然。多年了，他们隐在江湖，并不相忘。

大邑，还有爸爸另外一个朋友。记得，我和妈妈坐过他的货车去新源煤矿看望服刑的弟弟。

他姓岳。是家具厂的老板。

岳老板的工人给姨妈厂里送木料，返回时顺便捎带上妈妈和我。妈妈坐副驾驶位置，我只有蹲在车厢里。车厢里空荡荡的，上方用篷布盖着，形成穹庐，像是闷罐车。我要么站着，要么坐着，要么站也不是坐也不是。路途颠簸、摇晃，折腾得我肺腑翻滚，头昏眼花。我透过车厢尾部一个半圆形的空间，漠然望着转瞬即逝的风景，昏眩得如瞎子找不着北，不知身在何处。

从来没有经历过这种遭遇。

当时想，要是有个人和我说说话该多好啊，可以打发如此无聊又无奈的时间。哪怕有床不能说话的毡布也好，我就蜷缩在上面睡觉，随便车子把我载到哪个地方。

硬撑到底。薄暮时分，到达岳老板的厂子。转乘轿车，来到县城，共进晚餐。见到了他中年得的子，一岁了，都会牙牙学语了，拿着筷子一个劲地捣乱。

那晚，他为我们安排好住宿，就此道别。

第二天，我和妈妈一早起床，乘车去探望弟弟。

妈妈晕车，坐一路吐一路，难受啊。忍饥挨饿奔波一天，回家后要两三天才恢复精神。

就这样，一晃，多年。

那些伤心，就埋在岁月深处吧，试着不要翻动，试着学会遗忘。

但是，那些出现在生命中的人，永远记得，并且记得他们所有的好。

妈妈的项链丢了

我不知道事件的真相，但感觉到事件的离奇与机巧。

在妈妈的叙述里，我无法抽丝剥茧、去伪存真，去分析事情的原委，去抵达事件的真实。但我宁愿相信，并在相信里存着美好，存着温馨。

但是，爸爸不这样看。因为，疑点太多。

妈妈的项链丢失了。

当她想起时，项链已经不在，连盒子都不见了。

具体啥时候不见的，她也搞不清楚。

妈妈说，是她住院的时候掉的。住院？已时隔一年，为啥那么久没被发现呢？

也是哈，妈妈的手不灵便，戴项链不利索，她已经好久没过问项链了。

妻子说，中秋节回家时，还看见妈妈在拿项链盒，并自言自语，说好久没戴项链了。

我知道，这条项链对妈妈的重要。那是她六十大寿时，爸爸送给她的礼物。心心念念、亲亲切切的礼物，咋能说丢就丢了呢？

妈妈说，前段时间，她在门口的垃圾桶里看见过项链盒，空的，不知谁丢在那儿的。但她压根没想到，这项链盒是她自己的。

就这样，一直等到发现项链不见了。

妹妹特意回家帮她寻找。把能想到的地方都找了个遍，一无所获。

掉了就算了。现在黄金价格下跌，重新买好了。妈妈也想得开，特别是经过意外摔倒脑部受重创，开颅手术后，半个月才苏醒，捡回一条命，又遭遇偏瘫，经过几个月的康复训练，才基本生活自理后，妈妈变得乐观豁达，从容淡定。

想不到，时隔几天，妈妈扫地时，在院内大门拐角处发现了一条扭成一团的项链。呈颗粒状，粘上泥灰，透着金光。

妈妈用牙膏摩擦清洗项链，让它恢复本来面目，呈现出最初熠熠生辉的模样。

这下问题来了。

谁把项链丢在这儿？是原来那条吗？

明显不是。爸爸发言带着权威。

妈妈的项链长些，小颗粒，有心形的坠子，掂在手心感觉有些沉。

而眼前的这条，短一些，颗粒大一些，空心的，掂量起来有些轻。更重要的区别，它是一条男士项链。

是不是假的？

我们不约而同发出疑问。

妈妈让我去鉴定。在一家珠宝店，老板一口咬定是真的。还报上了换其他样式的差价。

是真的。

这下我的疑惑更大了。

我和妈妈手捧项链，挨家挨户询问院子的人，是不是他们遗失的，是，就原物返还，完璧归赵。

结果，大伙儿纷纷摇头。

到底是怎么回事啊？我只能做如下推测：

是不是谁拿了妈妈的项链，变卖了，钱也花了，心里却感到愧疚，就拿了自己的一条偷偷送回来。

但是，按照常理，这样的推论似乎站不住脚，其概率也几乎为零。

我还是情愿相信，世间的美好以及人心的本善。

祝福那个人，能迷途知返，能悔过自新，就好！

祖母和郑三婆婆

我们那个生产队，就两个院子，十多户人家，不足百人。

小时候，两个院子的小伙伴常在一起耍，藏猫猫，摆姑姑宴，铲牛牛，跳房子，或是戽鱼，下河洗澡……20 世纪七八十年代乡下孩子的玩具很天然，一团泥巴，一截木块，几块橡皮都可以迷恋半天。家家户户的门槛，哪个小孩子没迈进去过。家家户户蒸的包子馒头，哪个小孩子没去讨过嘴。

昨天的记忆似乎还没走远，我们就长大了。

老的走了，父辈们大都奔六奔七了。

每个院子都有一老，视作一宝。德高望重，众人敬仰。

郑家院子的郑三婆婆高寿，快九十岁了。我家祖母是我们院子的宝，比郑三婆婆要小几岁。郑三婆婆看着我祖母十七岁嫁到本家，和祖父拜堂成亲。

可是，祖母染疾先她而去。

祖母去世那晚，我们特意去请在女儿家休养的郑三婆婆。她们是好姐妹，祖母的离开她不能缺席，祖母的丧事要按农村风俗下葬，能懂这风俗习惯的，我们生产队除了郑三婆婆别无她人。

为啥我总说"我们"生产队，因为那里是我出生成长的地方，那里有生养我的父母双亲，还有众多的伯伯婶婶以及兄弟姐妹，我的血脉在那里流淌，我的基因与那里无法分割。

喊郑家院子的长辈，都是某某伯，某某娘，和对自己的长辈称呼一样。队里哪家有红白喜事，家家凑份子，好像一家人。

祖母走了，郑三婆婆在灵堂里，静静地坐着。一身布衣，手工做的斜襟样式，洗得发白，连纽扣都扣得一丝不苟。一头白发两边齐分，耳后用发夹别着，简单整齐。她时不时看看香火以及桌下的油灯，时不时撇着嘴对祖母说话。没有眼泪，甚至没有悲戚，就那么静静地陪着祖母。

我很感怀。经历了诸多动荡岁月和艰难困苦的老人，如今衣食无忧颐养天年，把什么都看得很淡，死亡就像天要下雨也要出太阳那般正常。

他们那一辈的人吃苦受累积劳成疾，命都不长，好多长者翻过六十岁就老了。像我爷爷，六十四岁就心有不甘地撒手而去。幺爷爷，五十八岁就早早魂归西天。我们家族里唯一活过八十岁的，是祖母。

郑三婆婆和我祖母经历相似，子女众多，丈夫早逝。

祖父去世时，祖母才五十八岁，小姑刚刚出嫁。那时我十六岁，在上学，已经懂事。

祖父走的那天，是星期六。那时还没有双休日之说，都过了三四年才有大星期小星期的休假规定。我从学校回家拿东西，准备参加第二天班级组织的野炊活动。

祖父已经卧床不起了。在二伯父堂屋改建成的卧室里，他呼吸紧促，上气不接下气。在家门前晾晒衣物的祖母说："你阿公可能躲不过这劫了。"我突然感觉哀伤。以前跟着爸妈去赶过别人家的丧礼，在唢呐呜咽声中，在亲人痛哭声中，我所感到的悲伤虽也直接，但不痛不痒，毕竟与己无关。

我本能地拒绝那粗粝、惨白的孝布以及那捆在腰间打成结的麻绳。我害怕这些悲伤的物件与己相连。

我奔跑到祖父屋里，摇着他干枯的手，一个劲儿喊他，他的眼珠似乎无力转动，嘴唇一翕一张，没有声音。我剥开橘瓣喂他，他艰难吞咽，只那么一瓣，就唇齿紧闭。随后，就阖上眼帘，气喘声越来越弱，最后，没了声息。

祖父就这样走了。今生，给了我一个最大的安慰，我喂过他一瓣橘子。

我看着他离开。我们却一句话也没有说上。

祖父常年患支气管炎，后来成了肺气肿。最后，可能如父亲所说恶化成肺癌，只是当时医疗条件有限，没有细查。

想不到肺气肿成了家族老人绕不开的症结。

祖母也患肺气肿，肺部有肿瘤，没有活检。祖母年岁大，保守治疗。

祖母七十九岁那年，父亲他们八兄妹为她买了农村社保。也许，祖母做梦也想不到，晚年了，还能像城里人一样每月领份"工资"，虽然不多，但她知足。尽管晚年疾病缠身，但有农合医疗保险，祖母病有所医，无后顾之忧。

祖母自己种地，自己照顾衣食，八十高龄，还能挑水种菜，自给自足。

但是祖母不经老。没老得那么经久而绵长。八十三岁，生命就到了终点。

晚年，她和农村大多数老人一样，内心是孤独寂寞的，越老越是。

在农村，特别是高寿老人，子女要务工做活，要照顾孙辈。子女考虑更多的是老人的病痛老人的冷暖，无暇顾及老人的内心需要。

我想，时间允许，他们会陪母亲聊天，散步，为母亲做顿饭，一起慢慢品尝。

孀居的祖母，有时连个说话的伴儿也没有。

祖母和郑三婆婆以及村里的其他老人常常东家坐坐，西家聊聊。她们的身影，在田间地头、庭院路旁，显得冷清，寂寥。

时间缓慢，她们打发得很艰难。她们常常对着庄稼出神，望着夕阳发呆。很久不说一句话，眼神空洞，迷离。

祖母走后，郑三婆婆像掉了魂儿似的。

郑三婆婆也孀居三四十年了。

郑三爷爷我还记得。高大魁梧，黝黑面孔，木讷少言，典型的庄稼汉。

他小女儿照了相，跑乡的摄影师来送照片，问路问到我们院子里。我带他去找人。郑三爷爷坐在院门口的塘秧边上，肚子挺得老高，有气无力地接过照片，然后回家拿钱，走路都有些摇摆。

听大人说，他患肝硬化，晚期，没得救了。心想，壮实的一个人，年纪轻轻咋就得这怪病，要死人的，真可怕。

有天放晚学，郑家院子响起哀乐，曲折低回，游走四野。那是我第一次近距离看到死亡，不晓得它长啥样子，只知道一个人从此就不在了。

郑三婆婆开始在两个儿子家里转起吃零工。

媳妇对她不好。其实我也不知道她家人到底对她好不好，听大人说很惨，常常饭都吃不饱。

她要奋起反抗。采取的举动就是"游村"臊子女的皮。

郑三婆婆左手拿秤盘，右手拿擀面杖，边敲边哭诉。她的声音尖细犀利，在空旷的田野里乱窜，一头灰白的头发在秋风中乱舞。

我们小伙伴跟在后头，随着她沿着村道走上一圈。破天荒地没有嬉闹，没有追赶，默默地陪着老人伤心。

行人站在路边，神色黯然，不说话，只是摇头。

困窘的日子，郑三婆婆的眼泪肆意长流。

其实，祖母也使用过一哭二闹三上吊这招。

那年，不知是家里谁招惹她了，她无处发泄郁闷，跑到院子后面的大河要去跳水。

好多人去看去劝了。

我跑在前面，一个劲儿地想拉住她。最终，在滔滔河流边好心人筑起人墙，阻止了祖母的莽撞行为。

祖母回到家，把自己关在屋子里，闷不出声，拒绝进食。儿女都去劝她，求她，低三下四说好话，自我批评做子女的种种不是。

于此，我领略到祖母的泼辣、干练和威严。倘若不这样，她咋管好她的八个孩子呢？

从此，家里人再也不敢对祖母出言不逊，凡事都得顺着她的心思。

我不知道她俩是不是商量好的。总之，她们的抗议很奏效，毕竟家丑怎么可以外扬呢？

长大了的我曾笑说郑三婆婆咋出此损招，她捂住没牙的嘴，摇头叹息。

是苦日子逼她这样子做的啊！

如今，为了出行方便，老院子的人好多都搬到村道边去集中居住了。老院子，已名存实亡。

我家四合院的格局，也荡然无存。

20世纪70年代末，祖父率他的儿子们修建了一座四合院。

半妆台穿斗式中式房子，麦草覆顶，四四方方，首尾闭合。以祖父堂屋所在方为正房，堂屋对面为龙门，龙门正对着门口的道路，很开阔，一眼能望到很远的地方。四合院有四只角，称为磨角，空间很大，一般做了厨房，煮饭就餐的地方，很有烟火气，小孩子很留恋。

祖父母和未成家的四爸、幺爸坐正房，左右两边为我家和二爸家，三爸家在龙门两侧。如果把龙门关起来，就自成一个世界，像古时候的城堡，外人无法入侵。那时，我就想，为啥不给龙门装扇大门，晚上一关，家家放心。

养鸡养猪的附属房子建在四合院后面，相对独立，每家都有两间，从厨房的后门即可到达。

我家的四合院保存到20世纪90年代末，就彻底失去原样。

孩子一天天长大，屋子一天天变小。家家户户在四合院的外围修建了楼房，四合院空了，塌了。现在，痕迹都还得仔细辨认。

很怀念在院坝里游戏嬉耍的童年。人与人的心很近，人与人的情很真。

我们在院坝里学骑自行车，一圈又一圈，摔倒了又爬起来，不觉得疼。

我们在院坝里滚铁环，一圈又一圈，丁零零的声音像音乐，令时光美妙。

院坝是小孩子玩耍的天堂。

可如今到哪儿去寻？

郑三婆婆在小儿子家住，出门几步路就到了村上的水泥路边。路两边的绿化带里，有桃树，一到春天万紫千红。

郑三婆婆家门前的花园里，夏天很是热闹。

一丛丛、一簇簇的格桑花开了，粉的白的红的，如团团祥云，氤氲环绕。还有大朵大朵红艳艳的鸡冠花，朴实憨厚，笨拙可爱。如果说，格桑花是名温婉脱俗的少女，鸡冠花就好像她的守护神，忠实地陪伴在其左右。

这些花都是郑三婆婆自己种的。

年轻栽刺，老了种花。是不是所有的人都是这样呢？

郑三婆婆坐在花丛边，穿针引线，还不戴老花镜。

星星的孩子

曾多次到小星星儿童心理康复中心接洽工作，了解自闭症儿童的康复救助情况。有机会走近孩子及他们的家庭，触摸到孩子背后的一段段故事，唏嘘感慨之余，我深切感到了他们的无助和无奈以及他们心中永远燃烧着的希望和梦想。

也曾在4月2日，世界自闭症日，我含着热泪写下《自闭，不是我的错》这首诗，呼吁人们增强对自闭症的关注和认识，表达我们对自闭症儿童的祝福和期望，告诉所有自闭症儿童的家长，不离不弃，创造奇迹，只要社会各界人士携起手来，用爱把星儿连成一条线，他们就不会孤单！

我不愿待在遗忘的角落，孤独地遥望天空。
我不愿活在歧视的目光，无奈地关上心扉。

我是一颗深埋的种子，在等阳光雨露的降临。
我是一朵迟开的花苞，在盼春暖花开的时节。

我需要阳光的照耀，需要爱心的滋润。
我需要春风的抚慰，需要笑脸的亲吻。

那天，幼儿园的小朋友来了，
那天，志愿者哥哥姐姐来了，

我们一起唱歌、跳舞、游戏。

我终于说了一句话，

虽然简短，却很用心。

我终于绽开了笑颜，

虽然短暂，却很灿烂。

自闭，不是我的错，却是我的痛。

请给我信心，我会长大！

请给我力量，我会飞翔！

他们不聋，却对声响充耳不闻；他们不盲，却对事物视而不见；他们不哑，却不知该如何开口说话。他们，像夜空中的星粒，散发着无言的光芒。他们在张望世界，世界可也曾将他们打量？

无法忘记那位胖胖的小男孩。当我和家长交流时，他用纸杯给我端水，示意我喝。我喝一口，他的眼神就亮一下。我喝一口，他就羞涩地望着我。谁曾想，他的腮边还挂着泪水，一颗颗的晶莹剔透着。因为推倒了身旁的小女孩，他刚挨了妈妈的批评。可转身之间，他又去抱比他小的孩子了。一刻都闲不住，妈妈的心就时刻跟着他转。

无法忘记那位坚强的老奶奶。因为孩子是自闭症，母亲离异出走，父亲外出打工，孩子留给年逾古稀的奶奶照顾。奶奶全身是病，每天仍坚持护送孙女来训练，风雨无阻，寒暑不断。奶奶的白发，在阳光下雪亮刺眼。小区里总有人问，你孙女咋不读书啊？奶奶买个新书包作道具，空着为孙女背了四五年。

无法忘记那位沉默的母亲。孩子辗转了几家医疗机构，她全程陪护，辞了工作，丢了家庭。孩子不管，能让谁管？有次孩子爬上阳台，双脚悬空，一只细弱的手死死抓住护栏。母亲惊骇地闭上眼睛，心想，孩子，你松手吧，掉下去就一了百了，再也没有痛苦了。闪念一过，她发疯似的狂叫，努力把孩子扯了起来。可孩子却默然陌生地望着她。一声"妈妈"，她等了十年都没等到。

无法忘记那位苍老的父亲。六十多里的路程，他用父爱密密铺就。用布带把女儿绑在后背上，骑摩托车往返于金堂与新都之间。多少次，日落黄昏，父亲疲惫地载着女儿，回到家早已是星月漫天。多少次中途天气突变，父女俩淋成"落汤鸡"，全身找不到一处干的。父亲不言一声苦，静待女儿的成长。中午，父亲耐心喂女儿吃饭，一顿饭一个多小时，父亲累出了一身汗，那眼里的疼爱一直缠绕着女儿。

无法忘记，小星星儿童康复中心的创办人，那位优雅、知性、聪慧的女性。"小星星"，像个瘦弱无力的孩子，几度跌倒，又几度站起。因为，她也曾有个患自闭症的孩子，她懂得孩子的痛，家长的苦。孩子无辜，孩子无错，孩子需要关爱，需要拯救。她冲破层层阻力，克服重重困难，创办了小星星儿童康复中心。她，一直致力于自闭症儿童领域的研究，她，一直奔走在自闭症儿童康复训练的路上，她，值得我们敬重！

无法忘记，活跃在新都本土的社会组织，如小草公益服务中心、柠檬公益志愿服务中心、雅丽幼儿园、西南石油大学和四川音乐学院的志愿者们，纷纷走进小星星儿童心理康复中心，与自闭症儿童互动游戏，帮助自闭症儿童融入社会，帮助家长走出迷惘困惑，共同为自闭症儿童撑起一片晴朗的天空！

第五辑

像树一样地长高

在路上的感觉就是快乐

　　假期，约了一帮好友，自驾到宜宾，见识了长江上游这个美丽的城市，这个拥有"五粮液"的"酒城"。到宜宾已是下午一点过了，天空飘着细雨，但丝毫掩饰不住节日带来的喜庆气氛。街上车来人往、川流不息。商家的促销活动搞得热火朝天，各色气球彩带飞舞，大街小巷音乐流淌，一片喧嚣。

　　作为城市的匆匆过客，我们还是选择在宜宾吃一顿午餐。饭馆是自贡人开的，狭小的店面就只有我们这拨客人。老板很热情，把两张桌子拼在一起，我们团团围坐，尽享异乡的美味。下午直奔长宁县。公路两旁的景色有了变化，一丛丛翠竹在路两边极尽铺排连天的绿意，摇曳招展，像是欢迎远道而来的客人。一簇簇三角梅，盛放在初夏下着雨的午后。那浓烈的火红、玫瑰红，点亮有些灰暗的天空。起初我们惊异，不知花名，陡增好奇。忍不住将车靠边，打量那串串开满花朵的枝条，一丝惊艳的美攫住了我们的心。朋友忍不住想折一枝带回去，结果没注意花朵下面的刺，伤了手，流了血，被同伴嬉笑了一番。经询问当地人，才知道是三角梅，很普遍，好多人家都栽有。

　　大概四点钟左右，我们上了进入"蜀南竹海"景区的道路。路两边密植毛竹，周身翠色，伟岸挺拔，竹梢向公路的上空蓬拢，形成一张绿色的网，在路间穿行，我们成了林间快活的小鸟。进入景区，才发现这里的房前屋后、山峰坡地，都生长着散生的毛竹，连绵起伏，蔚为壮观。蜀南竹海跨越两个县份，面积达一百二十多平方公里。我忽然想起小时候川西平原的竹林，随处可见，像碧玉镶嵌在田间地头，为农人贡献着自己的一生。竹竿可以编背篼、筲箕等农具，笋壳可以用作鞋底的辅料，竹枝竹叶可以作燃料。最最重要的是，盖房子的屋顶要用竹竿做架子。平时捆东西用的篾条就是竹子的皮剐下来。可以说，竹子全身是宝，在贫瘠的农村是不可或缺的。竹笋可以挖来炒肉吃，鲜嫩可口，脆嫩化渣。但那时吃上一顿竹笋确实奢侈，一颗竹笋就是一株竹子啊。到了20个世纪80年代末，由于物质条件的改善，加之环境的变化，竹子逐渐老化，不再青翠，开始老化脆化，不怎么实用了，有些竹林就退出了农村的舞台。到如今，都是楼房瓦房的农家院子，再也难觅竹林的芳踪了。而蜀南竹海的竹子，因了地理环境的因素，因了人们的合理开发与利用，竹子发展成了旅游产业，注入了更多的经济元素。这里如今是竹影婆娑，竹林连绵，竹子为人类造福。我由衷感叹，让竹成林，让竹成海，成为我心中温暖的记忆。

请了一位导游带我们游览景点。其中有一个湖泊，四面竹林环绕，倒映水中，绿莹莹的水面漾起圈圈涟漪。一个个竹筏荡漾其中，悠闲自得。远处的悠波球，像顶顶帐篷，缓缓漂浮。导游介绍，电影《藏龙卧虎》中周润发与章子怡在竹林对决的场面就在这里取的景。不由得佩服导演眼光的独到，深邃的湖泊静静地嵌在浩渺竹海的中央，没有一点干扰，无烟火气息，导演瞅准了此地的唯美。

薄暮时分，我们来到了"百龟拜寿"景点。只有雨过天晴的傍晚能目睹山下的奇景。一座座山丘被竹林覆盖，像一个个小岛零零星星地矗立。一层层梯田才插上秧苗，明镜似的级级攀升。雾气从谷底慢慢升腾，幻化成团，成飘带，成一缕缕薄纱。远处高高的山峰在云层里若隐若现，柔和的弧线横穿天际。经导游点破，我们竟真的觉得谷底的山丘像龟，向着对面高耸入云的山峦顶礼膜拜。奥运会开幕式上的背景画面，在这儿取有景。我拍了几张照片，留作纪念。

夜幕降临了，我们回了宜宾。夜晚的城市，别有一番韵味。过长江大桥时，见两岸的灯火连缀成片，星河璀璨。回望大桥，在霓虹的闪耀下，像彩虹缤纷着夜空。

住宿了一晚，第二天我们到了邻近的西部大峡谷。西部大峡谷地处云南水富县，与宜宾接壤，真想不到，一不留神我们就出了省。西部大峡谷广告做得好，我们以为有自然奇观在前方等待。到达目的地才发觉这里是泡温泉的好地方。高原上阳光炽烈，风卷云舒，我们竟有些不适应，但泡在水里的感觉还是妙不可言，像是回归到了生命最初的地方。在水富县城用完午餐，我们就急匆匆往回赶。到家已是傍晚了。

两天的行程满满当当，花在路上的时间就不少，但很惬意。旅游，其实就是一种在路上的感觉，悠然，闲淡，不急不躁地寻找着快乐的本源！

旧事重提

　　妻子参加了县 2001 年计生通讯报道工作会，回到家就迫不及待地动员我为《成都人口报》写稿，她还带回了样报，结合会议内容给我讲了此刊物的特点及用稿要求，并商定夫妻俩来个比赛，看 21 世纪的第一年谁发表的稿件多。待妻子喋喋不休地说完，我说了一句令她惊异的话，我早在九年前就在《成都人口报》上发表过文章了。旧事重提，一番感慨涌上心头，我还得感激地称《成都人口报》是我的良师益友。

　　业余时间喜好写点"豆腐块"文章，自我欣赏之余也心痒痒地向报纸杂志投寄，希望耕耘过后有所收获。于是，平时就多个心眼收集样报，研究刊物用稿特点，以便有针对性地投寄稿件。也许，当年的写作水平太差劲，寄出去的稿子如石沉大海，杳无音信，可我并不气馁，权当自娱自乐。有一天，我到同学家去玩，见他家桌上放了一摞报纸，我随即翻阅起来。由此我结识了《成都人口报》，并被《幽篁》副刊上刊登的小小说、散文、散文诗、诗歌等文学作品深深吸引、深深打动。同学告诉我，这些报纸是他当妇女主任的妈妈订阅的，如果对我写作有帮助就送我几份。我正求之不得便满口答应。

　　最初写作时，我偏爱散文诗，于是，我挑选了两篇习作寄去。意想不到的是过了一个多月的时间，我收到了《成都人口报》的样报。我怀着无比激动的心情捧读样报，捧读终于变成铅字的作品，久久不能释怀，久久不愿放下手中仍散发着墨香的报纸。只有做着"文学梦"的人才能深切体会文章第一次见报时的那种激奋难抑心潮澎湃的感受，而对我来说其情更甚，因为我为了这一天的到来已努力了许久付出了许多。事隔多年，我仍清楚地记得我最初发表作品的时间是 1992 年 5 月 12 日，作品的题目是——《黄昏时刻》《别离》，这是两篇抒发情怀之作，文字清丽伤感，婉约迷离，很合青春年少时的心境。那份样报，我至今仍把它珍藏在抽屉里，也珍藏在我心灵深处。

初尝成功的喜悦，我对写作信心大增，再接再厉执着练笔，一有好稿就寄往《成都人口报》，几乎每个月都有一两篇文章见报。每次收到样报，我都要将见报稿和原稿逐字逐句加以对照比较，看看编辑是怎样修改稿件的，为何要这么修改，领悟编辑的修改意图，久而久之，我的写作水平也得到了提高。

后来，《成都人口报》几经沉浮。先是更名为《人生导报》，没过多久，又改用原名。随后，新闻部门对全市内部发行的行业报纸进行整顿，《成都人口报》挂靠上一家公开发行的刊物得以继续办下去。《成都人口报》在激烈的竞争环境中，始终坚持，艰难前行。我也由当初的散文诗转向散文创作，但一有好稿还是第一个寄给《成都人口报》。前后算起来，我在该报发表了二十余篇作品。遗憾的是最近四五年，我没有给《成都人口报》寄稿了，我以为该报像其他内部发行的报刊一样停刊了。

今天，当妻子提起《成都人口报》，我才惊醒我与此报有如此不可割舍的缘分。九年的时光，要用多少情感去丈量啊！当我坐在桌前，翻阅曾经收藏的样报，感觉竟是这么熟悉，像多年不曾谋面的老友，不期而遇，依然是情浓似酒，情深似海。感谢《成都人口报》给我的支持与鼓励，辅佐我在写作上得以进步和提高。我将一如既往地为贵报写稿，用一篇篇优美的文字去继续彼此之间的情谊。祝愿《成都人口报》越办越好！祝编辑老师们身体健康，工作愉快！

情系新繁泡菜

喜欢新繁泡菜，缘于我岳父是新繁泡菜厂的老员工。

岳父 20 世纪 80 年代初就参加工作，三十年来，他一直在车间从事泡菜的初加工，见证了新繁泡菜厂生产设备的更新、工序流程的改进、产品种类的开发以及泡菜市场的拓展。新繁泡菜也在同我岳父一样的几代员工的精心培育下，成为知名品牌，畅销全国，走向世界！

大凡蔬菜，都可以制成可口的新繁泡菜。新繁泡菜有甜酸味、咸酸味、红油辣味等口味，还包含了豆制品、调味品等二百多个品种，色泽鲜美、品味出众、风味独特，含有丰富的维生素、氨基酸、乳酸，具有解腻、开胃、消闲功能。但在众多的新繁泡菜中，我还是对萝卜、辣椒情有独钟，多年来未曾改变！

川西坝子的白萝卜非常普遍，家家户户的田边地角都能看到它的身影。碧绿碧绿的缨子铺展地面，显得柔弱无力没精打采的样子，可埋藏在地表下的果实正养精蓄锐，慢慢长大。正如作家许地山在《落花生》中赞美的那样："它不像好看的苹果、桃子、石榴，把它们的果实悬在枝上，鲜红嫩绿的颜色，令人一望而发生羡慕之心。它只把果子埋在地底，等到成熟，才容人把它挖出来。"这就是萝卜的真品性，不注重外表，只在乎充盈丰富的内心！常在收获季节，见农人把萝卜连带缨子一起系在绳子上或者竹竿上，连成一串，白白胖胖的萝卜挤挤挨挨的，像小孩子的脸，在暖暖的冬日阳光下泛着柔和的光芒。

就这么简单普通的蔬菜，经新繁泡菜厂的能工巧匠们漂洗、切块、腌制、调料、装袋，就成了人见人爱的开胃佳肴，酸甜可口、脆嫩化渣、不忍遽吞。吃后仍是满口生香，余味无穷。饭桌上，盛放一叠泡萝卜于洁白温润的瓷盘里，在众多菜肴中，它犹如小家碧玉般惹人怜爱。有时，我还爱把泡萝卜当零食吃，特别是嘴里没味儿或坐车久了心里很闷时，将琥珀色的萝卜条放进嘴里，慢慢咀嚼，细细品味，一股清凉的气息传至心底，令人精神倍增、心情舒畅！

辣椒泡菜也是我喜欢的，它和萝卜形同两种品行、两种性格。如果说萝卜温婉，那辣椒则性烈；如果说萝卜犹如融融春光，那辣椒就犹如火热夏天。

泡辣椒是用那种经过严格挑选的细长细长的二荆条辣椒腌制而成的，单从色泽上看，就叫人喜爱。火红火红的外表，通体透着亮光，像一件玉雕，显得典雅高贵。咬一口，满口生津，辣味中带着丝丝酸甜，足以起到提神醒脑的功效。多吃几只，会全身冒汗，通体舒泰。众多泡菜品种中，它最醒目，那耀眼的一抹红，总能紧紧攫住你的心，让你无法忽视。泡辣椒还是很好的调味品，炒竹笋时放几根儿辣椒，红白分明，食欲大增。煮鱼片时辣椒浮于汤面，鱼肉很是入味。总之，菜肴里要是放上点泡辣椒，提色又提味。

如今的新繁泡菜厂已从我家附近的南街迁往成彭高速路旁的省级泡菜产业园区，新繁泡菜作为一种支柱产业，对当地经济发展起着举足轻重的作用。新繁泡菜也遍销国内大中城市及港、澳、台地区，甚至销往东南亚、日本、澳大利亚、美国等，相继荣获"四川名小吃"称号、四川著名商标称号，并随中国体育代表团征战奥运会。

作为土生土长的新繁人，我为新繁泡菜深感骄傲！我爱它始终植根于乡土，并将浓郁的川西农家特色带给了无数乡村和城市！

像树一样地长高

老家的竹林里有三株酸柑子树，刚好围成一个三角形。是人为种植，还是随意野生，谁也说不清，似乎它们已在那个地方待很久了。有些弯曲的主干绕过一切羁绊，雄踞竹梢顶端，留下一团墨绿与云朵为伴。以前，它辛苦孕育的果实还让人新奇，远近小孩都觊觎着，还没成熟就所剩无几了。如今，它们像被遗忘在了深山，独自增长着一圈圈年轮。

可母亲没忘记它们，仍然关心着，像关心自己的孩子。

每年开春，母亲在树干上切开一条细口，嵌上饭粒，用红纸圈住，口中还念念有词，据说这样可以让果树多结果实。母亲还要费力地在树脚周围，挖开一条浅沟，灌肥料施营养。她一直相信，树木有灵性，你对它好，它就会加倍地回报你。

说实话，那三株柑子树确实丑陋，灯杆一样的身材，只有头顶有丛枝丫，像极了老者即将谢顶的头。主干伤痕累累，像布满一只只灰褐色的眼睛。在浓荫匝地的竹林里，它们"鹤立鸡群"、遗世独立，任由季节变迁，保持着经久不变的容颜。

但母亲不嫌弃它们，仍一如既往地养护着它们。

春末夏初，柑子树在母亲仰视的目光里，开出一簇簇洁白的花朵。每个晨昏，那馥郁的馨香就袅袅飘散，犹如炊烟，笼罩着整个院落。微风吹拂、细雨霏霏，那花瓣纷扬飘洒，像雪花将时光变得缓慢而富有诗意。母亲的心似涂了蜜，甜滋滋的，连步履都变得轻盈起来。

随即而来的日子，树梢挂满大大小小的果子，羞涩地隐藏在枝丫间。常有不成器的果子落下来，打在地面堆积的竹叶上发出窸窣的声响，犹如老树的声声叹息。尽管是又酸又麻涩嘴难咽的酸柑子，又能有什么力量可以阻止它的成熟？秋风送爽时节，酸柑子的表皮由青绿色变成橙黄色，一个个灯笼似的挂在高空，耀眼醒目。蓝天白云下，它们像孩子胖乎乎的圆脸，在阳光的辉映下笑意盈盈。

酸柑子一直要留到冬至，等它们熟透了，母亲拿着长竹竿将它们一个个"请"下来，像天使落入人间，脸庞荡漾起笑容。母亲说，每一样东西都有它的作用，冬至的土柑子就能缓解老年人的哮喘，连皮带瓤加上蜂蜜或是冰糖一齐食用，效果更佳。母亲每年都要将酸柑子送给左邻右舍，送去一份份深情厚谊。

记得小时候，母亲常指着柑子树对我说，要想获得充足的阳光雨露，就要昂起你的头颅，尽量长高长壮，不怕霜染雪压，不怕风吹雨打。只有长高，视野才开阔，只有长高，心灵才自由！

勇敢去淋雨

小时候，爱去淋雨。

因为喜欢暴雨兜头而下的快意，喜欢哗啦啦的声音在天地间响起。

因为喜欢狂风暴雨中的奔跑，喜欢心灵像风一样的自由。

淅沥春雨或绵绵秋雨的空蒙中，我徜徉流连，喜欢流云在头顶缓缓飘过，喜欢花香鸟语在身旁轻轻环绕。

长大了，淋雨的感觉与心渐渐疏离。

是不是长大了就变得不再单纯，做什么事情总是瞻前顾后，想得太多。

是不是长大了就变得缺乏热情，按部就班地过着日子，不需要波澜，不需要再去做什么改变。

于是，任由窗外的风景辗转变换，任由生命的年轮一圈圈增长。于是，让一切都成了习惯，让所有的存在都理所应当。

曾经，那些青春年少的憧憬，那些美好如初的愿望，那些信誓旦旦的承诺，那些执着无悔的追求……

它们哪儿去了？是否还在等待，等待着我将它们一一拾起。

时光的列车，把好多东西都无情地抛下。

我告诉自己，我要奔赴的地方，一定有最美的风景。

不要放弃，别说灰心，永远听从刻在心底的那些声音。

相信自己，看到光亮，来到这个世界不是没有意义。

一直很钦佩一位朋友。

他处境卑微，但他始终让微笑盛开在他脸庞。他起点很低，但他始终没停止过前行的步伐。

那个闭塞落后的村庄，他一待就是十多年，送走一批批求知求实的学子，他收获的是问心无愧和责任的勇于担当。

他有机会调离，有机会升迁，但他一直坚守，经年累月地传道授业解惑，在三尺讲台书写着充实丰盈的人生篇章。

他不故步自封，努力提升自己，他用笔写下乡村孩童万花筒般的喜怒哀乐，破茧成蝶成了颇负盛名的儿童文学作家。

于是，平淡的生活有了它充实的内涵，简单的人生有了它厚重的底蕴。

谁说生命一定得轰轰烈烈？谁说成功一定是万紫千红？

是我们把理想看得过于高远，还是我们舍不得脚踏实地？

常困惑前途迷惘，常感慨人生没有归属？是我们从来就以自我为中心，把自己看得太重，还是从来就没有放低姿态，把眼光投向奔忙的芸芸众生？

可曾想，生命绽放之初，我们是那么快乐，那么容易获得满足！似乎所有的花朵都在向我们微笑，所有的风儿都在为我们浅唱。

天空下起了雨，我们看不到阴霾，感觉不到寒冷，我们拥有的是勇敢去淋雨的心态。

那种感觉真美！

做个内心强大的人

　　下过雨的天空，云层依然很厚，微风轻拂，空气幽凉，秋意渐渐浓了。在那个街道被挖得乱七八糟的小镇，我开着车左冲右突，终于找到朋友的家。他吸着氧，佝偻着身子撑坐在床上，连说话都显得费力。

　　谁曾想，在学校时他是篮球高手，田径主力，身材魁梧，壮如牛犊。我们打三两饭，他得打半斤才够。黝黑的面孔，古铜色的肌肤，在阳光下露出一口白牙憨憨地笑着。他喜爱文学，读书时，就带领志趣相投的同学办起文学社，自己组稿，自己油印刊物。他喜欢写诗，作品颇丰，他在字里行间编织着他的绮丽梦想。谁曾想，正值壮年，命运却转了道弯，人最可宝贵的健康令他望尘莫及，如隔天涯。

　　他有家族遗传病史，"肺气肿"像噩梦般紧紧跟随。他父亲，戒烟戒酒注意调养，病情控制得较好，对工作生活没啥影响。他姐姐，"肺气肿"诱发了多种病症，三十多岁就离世。他，四十岁病重，医院曾先后下过七八次病危通知，手术后捡回了一条命。医生说，他的肺已相当于七十岁老人的器官，好好将息，也许能再活十年。可最近一年来，他的病情越来越不容乐观，以前还可以在户外走上五十米左右，现在走一两步路就气喘如牛，氧气不离身。只能卧床休息，蜷缩着，身体还不敢打直，要不然肺部受到压迫会随时造成休克。

　　见到他的那刻，他拿起床头柜上的香烟抽出一支递给我，我接过，他递打火机过来，我执意拒绝。可他却自顾点燃，猛吸起来。我愕然，震惊，这么严重的病情还能吸烟吗？他颓然垂下头颅，晶亮亮的泪珠一滴滴落下，打在床单上，像声声叹息，敲击着我心坎。他说，成天躺在床上动弹不得，度日如年。胸部的伤口撕扯着，一阵阵地疼，只有用香烟麻痹自己。他恨不得一头扑到窗边，然后不顾一切地跳下去，他有勇气，但却不能这么做……他说，如果时光可以逆转，他会珍惜自己的生命，他可以重新设计自己的人生。他还有许多心愿未成，有很多责任未尽，对人世有着太多眷恋，实在不舍得就此离开。相濡以沫的妻子经常对他说，请你也要为我爱自己！家里人对他无微不至的照顾让他感动，他知道只要自己活着，就是他们最大的幸福。

是啊，年轻时，我们常面对生活不知所措。拥有健康时不知道珍惜，当健康远去时又追悔莫及。他本身就有哮喘，冬天发作得尤为厉害，可他脾气倔强地硬挺着不去就医，即使开了药也不吃，要么像完成任务似的服一两次就了事。他喜欢熬夜打麻将，爱通宵上网，烟一支接一支地抽，烟雾缭绕中他早已在透支着自己的健康。健康就像储蓄，平时就要往账户里存储，如果一味支取，总有一天属于自己的财富将会归零。

面对他，我说太多劝慰的话，似乎都无济于事，事已至此，一切皆成奢望。属于自己的光阴还有多少，他似乎也明白。可悲可叹啊，他的人生，就这样让悲剧成了主角。懊悔有什么用呢？唯有面对现实，配合医生积极治疗，期待奇迹的发生。

其实，我们每一个人，当身处困境厄运相随的时候，更要学会做个内心强大的人，好好活着，握住信念抱紧希望，冲破狂风暴雨的阻挡，一定会拥有风雨过后的阳光！

为梦想而感动

他的梦想很奇特，像天上晶莹剔透的星星，在暗夜中一直光亮。"我想发明一种墨水，只要把那滴墨水在地上一点，全世界就会变成绿草。"顷刻间，我眼前仿佛绿浪如云，绵延天际。我知道，这发明会永远是个梦想，但能有谁不为这个梦想怦然心动？

拥有这个奇特梦想的他，来自呼伦贝尔草原，唱着蒙古族歌曲《梦中的额吉》，走上中国达人秀舞台，走进亿万观众的心灵。他，就是乌达木，一个有着明亮眼神、天真笑容、干净内心的草原孩子。

他和许多同龄孩子一样，曾拥有自己的快乐和幸福。然而，命运多舛。八岁，母亲因车祸导致下肢瘫痪，后撒手人寰。十一岁，父亲也遭遇交通事故去世。小小年纪的他思念母亲的时候，就常常做梦，梦中妈妈会回到他身旁。每天早上起床，他都会唱《梦中的额吉》，唱给天堂里的妈妈。达人秀舞台上，乌达木倾尽心灵的演绎，让观众内心受到震撼。

当评委擦着眼角的泪水，紧抱着乌达木，对他说："孩子，想哭就哭出来啊，因为一个知道哭的人才懂得人生的笑！"可乌达木点点头，微笑着，没哭。他只是静静面对着评委和观众，眼中写满感激和温暖。因为，他深深懂得，眼泪在蒙古族人心中是珍珠，男人要像雄鹰一样勇敢。

乌达木走红与否尚在其次，但在这个喧嚣浮躁的年代，他竟然让我们听到如此一尘不染的天籁，十二岁的他给了我们太多的启示。他先后失去双亲，却凭着坚强的意志顽强生活、健康成长，丝毫察觉不到困境留给他的阴影。他为母献歌的孝心以及追逐梦想的执着，都在向我们的心灵传递着力量。

有梦想真好，那就会为梦想一心付出，痴痴不改。有梦想真好，那就如同一盏明灯在前方指引，人生永远不会迷路。

曾经，我们都有过梦想，当医生、作家、科学家……这些梦想，犹如春日的阳光，始终暖暖地照耀在心头，鞭策着我们不断前行。随着岁月的流逝，那些梦想如同花朵在奔忙的身影里凋落，梦想终究抵挡不住现实的考验！

有一天，多年未曾谋面的同学打来电话，约着在一个有小溪流淌、有花香袭人的茶园喝茶，说是谈谈人生、谈谈理想，我久久握着电话不曾放下。是啊，云淡风轻、阳光和煦的日子，我们放慢脚步，怀揣美丽心情，约三五好友一起坐下来回首过往、畅想明天，真真切切是多么激动人心的事情。

其实，我们每个人都需要梦想，梦想就像一双翅膀，带着我们在精神的天空自由飞翔！

小区来了新成员

小区门口聚集了一群人，正热切谈论着。小花和丑丑仰头望着人群，一个劲儿地摇尾巴，仿佛在诉说着什么。

原来，阿黄丢了，都几天不见影儿了。热心的太婆们围着小区找了个遍，还是没结果。

正值寒冬腊月，长得油光水滑、膘肥体壮的阿黄该不会已遭不测？近来电视、报刊上不是接连报道农户的看家犬莫名被毒死抑或失踪吗？太婆们摇摇头，叹息几声，纷纷散去。小花和丑丑落寞地跑向绿化带。

阿黄是只流浪狗，一年前来到小区。骨瘦如柴、毛发肮脏的它躲在底楼一户人家的地台下面，瑟缩着发出微弱的"呜呜"求救声。太婆端来汤饭，唤它来吃。它警惕地缩在地台里面，迟疑着不肯出来。等太婆背过身去，它迫不及待凑到碗边，稀里呼噜一扫而光，还把碗舔个一干二净。"这么能吃，肯定有救！"太婆回屋拿来纸盒，垫上旧衣废物，给小狗做了个温暖的窝。

小区有了新成员，让闲来没事的几位太婆的生活充满了乐趣。尽管是一条不起眼的、病恹恹的小狗，她们还是相互通了气，轮流照顾这条弱小无助的生命。

几天一过，小狗浑身上下就焕发了活力，毛发也顺溜了，中午有太阳时便钻出小窝跟在太婆后面，屁颠屁颠的，小尾巴往左翘着，像把锁。逗逗它，它就会蹦跳着在人的脚边绕来绕去，衔着人的裤脚，恋恋不舍，像小孩子般的调皮可爱。

不知谁最先叫它"阿黄"，于是根据它毛色取的名字就叫开了。小区的绿化带成了它的乐园。它常在向阳的坡地上，衔着破布或塑料口袋什么的疯耍，把玩物当猎物，一会儿匍匐，一会儿跳跃，还嗷嗷大叫，似乎在练习捕杀本领，动物的天性表现得淋漓尽致。

很快冬天过去，春天来临。花园里的茶花大朵大朵地怒放，吊脚海棠挂满了枝丫，红花绿树分外耀眼。阿黄仿佛脱胎换骨般地猛长，一天一个样儿，还越来越乖巧。每天，阿黄会摇着尾巴一路小跑着送业主出门，业主弯下腰摸摸它的脑袋，它就站在门口，一路目送。业主回来，阿黄起身迎接。看见主人大包小包拎着东西，它更是殷勤，尾巴摇个不停，嘴巴对着主人一张一合，仿佛在说："看我这么可爱，给点好东西给我香香嘴吧。"其憨态相让人忍俊不禁。

阿黄富有爱心，在春末夏初天气开始变热的时候，从外面领回了两条流浪狗。一条个头和阿黄差不多大，但毛色混杂，说黄不黄说白不白，还夹杂有一些黑毛，而且嘴边支起寸把长的白毛，像山羊的胡须，样子只能用"丑"来形容，于是为它取名"丑丑"。另外一条倒显得可爱，体型小巧，白色的身体上有一圈圈的黑色斑点，取名"小花"。

小区一下子热闹起来，三条活蹦乱跳的小生命组成了一个三口之家，和睦相处，其乐融融。底楼那家的地台下面，好心人早已铺好了纸板，为它们布置起了一个简陋但温馨的家。饭碗由一个增加到三个。每天太婆们把饭食送下去，它们从不争抢，总是让小花先挑选，然后是丑丑，最后阿黄才吃。狗狗们的必修课还是迎来送往，把小区的每一位住户都当成自己的主人。它们平时不吠叫，不喧哗，累了就趴在小区坡地的树林下，懒洋洋的很自在很惬意。渴了，就相约着到假山池塘边喝水。高兴了，则在小区里转悠，你追我赶的，嬉戏游乐。

　　长期相处，三只狗狗就成了小区的特殊成员，如果哪天没看见它们矫健的身影，心里还真的缺少了点什么。阿黄和丑丑虽是土狗，但很温驯，它们像是认识小区里的每一个人似的，谁都可以拍拍它们宽厚的脊背，摸摸它们通晓人性的脑袋。小花由于遗传有宠物狗的血统，永远一副乖巧模样，铜铃般的大眼睛亮闪闪的，似乎会说话。

　　物管怕狗长大了伤人，引起不必要的纠纷，曾开会商量，说要与疾控中心联系，解决后患。太婆们知道了，集体找物管理论，据理力争，三只狗狗的生命终于被保全了下来。那段时间，狗狗像做错了事情的小孩，蹑手蹑脚、小心翼翼。难道它们能听懂人话，因人心的复杂而收敛起了自己的天性？

　　就在这节骨眼儿上，阿黄丢了，没什么预兆。我却固执地认为是阿黄选择了出走，它不想给小区的人们增加负担，羽翼丰满的它要出去闯荡外面的精彩世界。

　　没过多久，丑丑和小花也悄无声息地离开了小区。或许被人收养，或许像阿黄一样去追求自由的生活，或许……

　　结局谁又说得清呢？

　　但是，它们确实来过小区，给我们的生活带来过惊喜和变化。

卖蜡梅的小女孩

阳光在午后明亮的空气中跳跃，落满广场。那些高大的常绿乔木，那些霜染的红枫，那些点缀风景的五彩斑斓的小花，那些飘飞的银杏叶片，还有一地金黄的草坪，把冬天打扮得色彩丰富，层次分明！

小姑娘卖着蜡梅。扎成束的梅枝矗立在古城墙边，馨香一片。

她不吆喝，在香气的围裹中静静等待。淡黄色的花朵像一只只睁开的眼睛，明亮、清澈。

男孩滑着滑板，优美的弧线从她身边一晃而过，还没等她回过神来，男孩又折返回来，蹲下身子嗅着花香。小姑娘笑了，嘴角弯成了一朵美丽的花儿。

高远的天空，风筝和白云嬉戏。手握线卷的孩子，就那么痴痴望着天空，耳朵贴着丝线，倾听风筝和白云的悄悄话。可云淡风轻、人声嘈杂，小孩踮起脚尖，小嘴嘟得老高老高。

小姑娘守着她的梅枝，广场上的喧嚣与热闹置身身外。她像光影下一幅静美的图画，甜美得有些忧伤！

花束陆续被欣赏的人带走，那些清冽的芬芳开始游走于大街小巷，最终会点亮一个个居室，把灰暗的心情涂上耀眼的色斑。

冬天的太阳跌进远处高楼的夹缝，寒气一点点开始蔓延。

　　小姑娘理理羊角辫，背起背篓，沿着城墙根向着落日的方向回家。晚风撩起沁凉的潮湿急急吹过，有歌声飘来：长亭外 / 古道边 / 芳草碧连天 / 晚风拂柳笛声残 / 夕阳山外山……

还能轻易感动

　　金色的阳光越过喧嚣的人群，温暖着寂寞的村庄、田野、河流。纷扬的叶片在冬日的午后兀自放逐，一路流浪。一群白鸽振翅飞过，清越的哨音渐行渐远。泪水盈满眼眶，不知为何而流？

　　当漂亮的雪花几度欲飘，当耐寒的蜡梅傲然绽放，当纷扬的思绪起起落落，心灵的触角便依偎在暖冬的炉火旁翩然舞动、羽翼轻扇。曾经的花样年华栖在了谁的心口？曾经的跌宕岁月流转到了哪一方驿站？时光悠忽，转瞬即逝。阶前的藤蔓叶落茎枯，却仍紧紧握住直刺苍穹的枝干，仿佛生命没有句点，生命的激情可以再一次演绎！

　　阳光支离破碎，暗影起伏。就在迷离恍惚的光影中尽情怀想，任一些碎片、一些场景、一些气息不着痕迹地漂浮上来，又散漫开去。其实，人生无法粘贴，更无法复制，唯一可以剪切掉的都是些旁生的枝丫。

　　重回曾跋涉过的那座高原，冰雪在苍茫云天密密铺陈，起伏有致的山川睡着了般的沉静，天光云影触目惊心。孤独的鹰隼盘旋高飞，冷冷的、刺眼的阳光尽情挥洒，无边的落寞缓缓移动着静默的时光。难以忘怀那个冰清玉洁的小镇，那份晨曦中隔窗眺望的心情。古朴的民居、斑斓的色彩、晃动的经幡、行色匆忙的藏民、悠然走动的牛羊……如此安详、神秘，像一幅经典的画卷。《2002年的第一场雪》蓦地响起在街的那头，穿透了冻结的心扉。2002 年的第一场雪到底有多大？雪中那份深入骨髓的情感缘何被冻伤？纷纷扰扰的尘世中，人与人的相遇是多么的不容易啊！

曾几何时，以为自己的豪情壮志已被世俗掩盖，以为自己的风华正茂已被岁月淘洗。殊不知，我错过的仅仅是自己的感觉。我庆幸我还能遐想，还能憧憬，还能意气风发边走边唱，还能在逝水流年的记忆里温暖、感动！

永不忘自己是农民的后代

逢着农忙，我和妻子总要抽空回到乡下，帮助身单力薄的母亲干点农活。用父亲的话说，那叫不忘自己是农民的后代。

其实，母亲从不轻易让没做惯农活的我们插手的，她宁愿自己慢慢拾掇，也不要我们受累。但我想父母把自己辛辛苦苦拉扯大，供自己上学直至参加了工作，实在不容易。平时回家看望看望，农忙帮上一把，是自己应该尽的责任。因此，农忙时节，全家人"挤"在责任田里，说说笑笑地打菜籽、割麦子、收稻谷，不顾烈日的暴晒，不怕污浊的汗水顺脸流，一家子团结作战，共享劳动收获的喜悦。

更令我们子女敬佩的还是父亲。他腿有残疾仍奋进不止。父亲经过自学，通过了商业会计的函授考试，获得了大专文凭，在离家几十里远的省城一家公司任主管会计。尽管工作忙，父亲还是常惦记着家里。他总是把零星的假期挪拢在农村大春小春的收割播种时节，好回来干干农活。

记得去年收割水稻的时候，由于母亲生病，家里两亩田的水稻眼看成熟还没开镰。田野里轰轰烈烈的抢收情景让母亲坐卧不宁，她只好请山区来打工的人帮忙。就在收割完一亩田的水稻后，父亲和我不约而同地从城里赶回来。那天，天刚蒙蒙亮，我和父亲就信心百倍地握镰出门了。等到十点多钟，累得全身被汗水湿透，像洗过澡似的，腰都快直不起来了。父亲已是年近五十岁的人了，行动又不方便，这么重的体力活他受得了吗？我央求他别干了，请人吧。父亲却说："孩子，参加体力劳动，一是对身体有益，人是累不死的。二是我们都是农民的后代，要不忘农民的'本'。"父亲的话，句句说到我的心里。我和父亲头戴草帽，光着臂膀，硬是咬牙将一亩田的稻谷用拌桶拌完，手臂都挥动得酸痛了。待我们一身泥一身汗地忙完，已是夜幕降临灯火四起了。

所以，每一次回乡参加劳动，我都经历了一次躯体上和精神上的锻炼，从质朴的父辈身上获得一些启示和感悟。我忘不了父亲那句看似简单实则含义深远的话语：不要忘记自己是农民的后代。

农民应该拥有这样的生活

连续几个艳阳天,温度陡升,宛如进入了夏天。4月26日,阳光明媚、清风徐徐,我随区文联的一行人到位于斑竹园镇回南村的"花香果居柚乡风情园"参观采风。

沿着开阔宽敞、绿荫婆娑的香城大道西延线一路前行,进入回南村地界,顺着柚香路的指示牌右拐就进入柚乡风情园区。柚香路曲径通幽,在千亩柚林中回旋穿梭,像一根长长的项链,串联起一个个独具特色的农家小院。

漫步小径,两旁茁壮葱茏的柚树亭亭玉立、朴实大方。阳光在叶面舞蹈,不经意间跌落树下,形成光柱,忽明忽暗。光与影交织着,在静静的柚园闪闪烁烁。绿叶层次分明,新叶嫩黄,在枝梢轻轻摇曳,闪着柔和的亮光。旧叶墨绿厚实,俨然饱经风霜。老叶沙沙有声,轻轻滑下地面,为地表盖上一层薄被。仔细一看,花骨朵藏在枝丫,正积蓄力量,等待美丽的绽放。我们徜徉在千树笼烟、万树揽翠的柚园,空气清新湿润,令人心旷神怡。

点缀在柚园中的座座文化大院,像一颗颗精巧别致的珍珠,让人耳目一新。村民在如此宜居的环境中生活,是一种别样的幸福。

走进仁光大院,一下子就喜欢上了这个典型的四合院,舍不得离开,想住下来,闻闻花香,摘摘野菜,尝尝家常味儿,尽享农家风情。小青瓦盖顶的院门上方,悬挂着以主人名字命名的"仁光大院"牌匾，两旁门柱上书写着对联，"光华锦绣地贵客聚堂欢，仁和艳阳天名柚满庭芳"，细细咀嚼，颇富内涵。院子里，柚树、桂树成林，盆栽鲜花怒放，蜂蝶环绕，嗡嗡有声。人们坐在树下的木椅上品茗聊天，一腔闲情，怡然自得。左边是主人的居室，两层楼房，墙面辅以青砖装饰，嵌上仿古式木格窗，质朴典雅。右边是农家书屋，书架上整齐码放着书籍，贴上"名人学识""百科知识""历史文学""青春文学""文化娱乐"等标签，自己加强学习的同时也为游人提供免费阅读场所。挨院门的房屋则布置成餐厅，窗明几净，静候游客品尝农家生态菜肴。农家书屋和餐厅的墙壁上悬挂着区内书画家们赠送的字画，或描绘柚乡美景，或赞美新农村建设，文化气息浓郁。院内院外的围墙上，装饰着反映川西风情的民俗图案，耍龙舞狮，喝茶对弈，独具韵味。阳光正好，游人正欢，院外绿树成荫，鸣蝉高唱，院内游人休闲，乐在其中。

这样的院落还有很多，像宗先大院、尚安大院、丙章大院等，各具特色、各有千秋。"花香果居柚乡风情园"充分利用新都柚"春可赏绿、夏可闻香、秋可品果，冬可观叶"的特点，形成现代都市农业与田园休闲观光为一体的特色农业示范园区。村民靠种柚致了富，依托乡村旅游走出了发展的新路子。

我想，如果我们的村社都能根据自身的实际情况，打造特色亮点，做到一村一品、一村一貌，让村民的生活环境得以改善，生活质量得以提高，那该多好！我们的农民应该拥有和城里人一样优质便捷的生活！

大学在等你

点开 QQ 空间，看见动态里儿子的信息。

7 点 39 分，儿子 QQ 签名：又到这天了。

16 点 41 分，儿子 QQ 签名更新为：谢谢大家，让我携你们的祝福前行！

我知道，这是什么意思，而"这天"又意味着什么。

面对同学的鼓励和加油，他回复：

"恩，必须的！"

"一定，谢谢啦！"

"谢谢啦，带着你的祝福！"

突然，心头有些感动。

忙打电话过去，儿子正在教室自习。

"妈妈说明天要来看你。"我迟疑地表达我们想在高考前见见他的愿望。

"懒得跑嘛，等我考完后来接我就是了。"儿子在那头爽快地说，声音很亮。

我唠叨了几句。叮嘱他要休息好，调节好，饮食好。丝毫没触及考试、压力等话题。一切已定性，要的就是正常发挥。

要求一直不高，只要他尽力而为。

说实话，子女高考，家长也在同考。紧张，焦虑，担忧，说不出的复杂思绪。

回家给妻子说起，妻子说不打电话，让他安心。

结果晚上 8 点过，儿子自己打电话给他妈妈，我在旁边，突然放下手中正在看的报纸，侧耳聆听。

妻子说给他买点蛋糕、水果、牛奶带去，儿子坚决不让。他说，免得分心。

儿子已经长大了，是不是我们的顾虑有些多余。

妻子又编发短信，告诉儿子进考场后平静心情的一些技巧。

但我始终心里挂念，有些心神不定。

下午，亲戚朋友纷纷打电话来，问我们是否去了绵阳陪考，做孩子坚强的后盾？我如实回答，遭到一片"骂声"。

我相信儿子，正像他给父母说的，等我凯旋！

想起赵老师曾经给我讲起她朋友的娃娃在她家寄宿参考的事情。

父亲央求赵老师每天和孩子见见面，聊几句，做父母的才放心。可是，赵老师断然拒绝了。

父亲每天晚上把车停在住宿楼对面的停车场里，一直盯着那扇窗口，直到灯火熄灭，才驱车回家。

一早父亲又来到停车场，在车里等候，看着赵老师带着几个参考的孩子出小区门走向学校，背影远了，他才去吃早点，驶向上班的路。

高考几天，家长就牵肠挂肚几天。

也许，每位家长都是这样的心情。在这个火热的六月。

但是，既然儿子说了不去陪他，我和妻子是不是应该放手，让儿子独立行走？

儿子懂事！

每晚，给父母道了晚安，他才入睡。

每次出门，他要叮嘱父母注意安全。

假期来临，他要回乡下陪爷爷奶奶。

只要在家，他都要为弟弟辅导功课。

……

儿子心善！

看望孤残儿童，他倾其所有买礼物，跑前跑后做好服务。

山区儿童过冬，他到处收集衣被，不厌其烦在募捐处帮忙。

遇见街头乞丐，他掏出零花钱，毕恭毕敬放到老人手中。

同学染疾去世，他召集同学到家慰问，力所能及送同学一程。

……

儿子品端！

他的小学同学考试只得几分，他愤愤不平说老师不负责任，成绩差就放弃不管。

我去接他时在学校吐泡口水，他拉着我的手委婉劝说，弄得我脸红筋胀。

他在冷饮店买饮料，边喝边回家，没看见垃圾桶他把纸杯一直捏回小区。

他下楼习惯把邻居门口的垃圾袋一一带走，把家里的报纸塑料瓶放在底楼捡废品的老奶奶筐里。

……

儿子独立！

读幼儿园时，我给毕业班学生辅导功课，他就在教室外面的阶沿上爬上爬下，自得其乐。

我出去开会晚了回来，他放学一个人在操场上捡香樟树果子当玻璃弹珠玩儿，兴趣盎然。

我和妻子有事外出，他寄养在邻居汪姑婆家，和她的孙女街头巷尾四处游逛，忘乎所以。

小学六年级以及初中高中住校，周末带着衣物和同学穿过半个城市走路回家，乐此不疲。

……

儿子虽然成绩一般，但他自觉，努力，有自己的梦想，有自己奋飞的方向。他在做最好的自己的路上，坚持不懈。

看电视台播放的《音乐大师课》，为那些孩子的特长喝彩。我也想，要是儿子有一门特长多好。

可他平衡发展，特长不显，优势不扬。

这有啥关系呢？他健康，他快乐，他进步，他心地开阔。

在小镇上居住时，我星期天骑摩托车送他到县城少年宫练武术，六七岁的他，拉韧带疼得泪水直流，他不吭声，一个动作一个动作地坚持下去。他，拥有健壮的身体。

我参加校长公推直选演讲时，他踮起脚尖在窗口聆听，明亮的眼睛盯着我，给我鼓励给我期许。虽然最终落选，他像小大人一样牵着我的手走出校园，告诉我爸爸最棒。他，拥有良好的心态。

妈妈在学校当班主任，有处理不完的班务和杂事。当妈妈劳碌一天回家，他笑脸相迎，习惯给妈妈一个拥抱。散步时，他习惯搂着妈妈的肩，说给妈妈一个坚实的臂膀依靠。他，拥有完美的情商。

房价飞涨的日子里，我们决定用住房公积金贷款给他买套房子时，他说他要靠自己的努力去挣自己的未来。有一天，他会将房子车子钥匙送到爸妈手中，回赠爸妈沉甸甸的关爱。他，拥有感恩的胸怀。

他说，他喜欢面朝大海，春暖花开。

思前想后，我们还担心什么？

有一种青春叫高考。青春，必将与高考相遇。

儿子，乘着你的梦想去飞翔吧，大学在等你！

无常的岁月

白驹过隙，倏忽而过，快得令人无法置信，快得令人措手不及。我们只有在季节的更替中，不急躁、不烦恼、生慈悲、多喜悦，把握当下、自在欢喜过好每一天。

9月18日，儿子十八岁生日，他的成人纪念日。我通过手机短信发去祝福。其实，早在9月14日晚上我就发去短信，"儿子，9月18日是你的生日，爸爸妈妈提前祝你生日快乐，健康幸福！"9月17日晚上，我的QQ个性签名更新为"儿子，生日快乐，爸妈爱你！"我知道，在第一时间，儿子未必会看到我们的祝福文字，因为学习期间学生的手机都暂时交给老师保管，以免影响学习，但我们爱他的心他肯定感受得到，因为我们的血脉是相连的，心灵是相通的。

之所以在今年这个特殊的日子我特别重视，是因为儿子在我们目光的注视下，平安健康快乐地度过了他的童年、少年。而今，十八岁，一个青春耳热的年龄，拥有无限的激情与活力，拥有把一切不可能变成可能的梦想与动力，拥有迈向来路所需要的所有责任与担当，我们尽情期待。

虽然，今年6月份的高考失利，令好多关心他的人失望，但大家都隐忍着，不问原因，不究责任，相信他，把选择的权利给他。包括最爱他的爷爷奶奶，都只是策略地通过我们问问孙子的情况。我知道在查询高考成绩的那晚，父亲打来电话得知情况不妙，他心里肯定难受。我们家族里，还没正儿八经出个大学生，老父亲的希望就寄托在他孙子身上。

9月9日，我们到叔父家吃饭，饭后在老家休息了会儿，准备送儿子到绵阳读书。老父亲本来在寝室休息，听说我们要走了，他马上起身换好衣服，说要和我们一起去。想着把儿子送到绵中我们就得返回，不忍老父一路劳顿奔波，就让他在家休息吧，以后时间充裕的话，还可以陪父亲逛逛绵阳新城。父亲坐在屋檐下，没有再言语。事后我有些后悔，何不顺他的意，让他陪孙子走一趟呢？即使就坐在车上往返两百公里，原路去原路回，父亲也会高兴的，他想看看孙子补习的学校咋样，那里有他所有的梦想和骄傲，甚至比我们更甚更烈！

9月21日，姑父生日，家族里的亲戚又聚在了一起。

祖母在世时，她八个儿女组成的八个家庭在她的统领下，就是一家人，她是核心，八个家庭就是八枚紧紧围绕着她的花瓣。去年10月，祖母走了，家族里仅存的一位长者走了，一个大家庭就分散成了八个小家庭。只有重大节日以及婚丧嫁娶的特殊日子，大家才从四面八方赶到同一个地点，坐在一起，把酒言欢，叙旧言新。所以，每一次相聚，大家分外看重，格外珍惜。这不，姑父生日这天，大部分亲戚到场，分享寿星的喜悦。父辈们沧桑的面孔渐老的容颜，在淅沥秋雨中，显得平静坚韧。生活的重负曾经让他们为了温饱疲于奔命，经年的劳累终于让他们白发早生过早衰老，但他们依旧日出而作日落而息，力所能及做活务工，自食其力，尽量不给儿女增加过多的负担。他们乐观向上的生活态度和随遇而安的处世哲学让我感怀动容。祈愿他们在子女独立门户后能慢下脚步，好好欣赏悄然生长的四季风景，好好体会细水长流的流岚晚霞。

席间，二姑妈问起了儿子的学习情况，适应没有？多久回来一次？并一再叮嘱我们要和他多沟通交流，赏识他，激励他，他的明天会更好。表妹兰兰特地过来，和我们聊聊孩子的情况，满眼关切，不尽期望，令我们的心温暖如春。

不可否认，儿子很优秀。知道自觉学习，知道自我管理，心地善良，阳光开朗，积极上进。每晚睡觉前，得跟爸爸妈妈道一声晚安。父母出门，他总忘不了对我们说注意安全。我曾去学校接他不经意吐了口水，他拉住我悄悄说要注意形象，花儿受到唾弃不会开放。在学校住宿，我们要他带去的零食他要么和同学共享，要么原封不动带回来，他怕自己条件的优越影响贫困同学的自尊。奶奶生病，他跑前跑后坚持照顾，和我们一样轮流值班。零花钱，他总是一点一滴积存着，以备急需。从记事起，他和表弟友好相处，虽说是独生子女，他从没享受独生子女的待遇，一切都和表弟平分，他和表弟情同手足。我想，高考的失利算啥呢，有纯正的人品做底子，就不怕赢不了自己的未来。

儿子年幼的时候，盼着他长大，盼着他出息，殊不知，儿子大了，父母也就老了。其实，我们一直都置身在时光的洪流中汹涌向前，不管你愿不愿意，无论你心甘与不甘，我们都在岁月的漂洗中取舍着思索着，付出着收获着，直至一天天老去，直至离开这个世界。

9月19日，去医院体检，更换驾照，感悟颇多。想当初刚考到驾照时，一看要等六年后才换证。六年，似乎很漫长很遥远，以至于让我不屑于思考六年后会发生什么变化。谁知，一念之间，六年过去了，六年，似乎就相当于我拇指与小指绷直后那么一段的距离。

这六年，于我来说，有很多值得纪念与回味的事情发生。

2010年，买了一辆代步的轿车，为生活带来快速便捷的同时，自己的身体也渐渐长胖，以致再也无法回复到从前。没车时想买车，有了车又怀念骑自行车、驾驶摩托的那段日子，环保、健康，至少不会遭受堵车之苦。在新繁居住时，每天早上，我驾驶摩托车载着妻子迎着初升的太阳，穿过南门那条古朴狭窄的街道，在空气清新、美景如画的田园里穿行，到学校上班。

一路的风光伴我前行，一路的诗情闯入心扉。那段日子很平淡很简单，却是我身心自由率性歌唱的一截时光。

2011年，我做出了人生的重大决定，调离了原来的单位，放弃了烂熟于心的业务工作，从头开始，没有犹豫，没有彷徨。

2013年，单位与另外一个部门合并，面临新的挑战，我迎头而上，没有退缩，没有迷惘。

2013年，母亲身体受到重创，与死神擦肩而过，幸运地躲过一劫，但从此留下后遗症，需长期服药与康复治疗。我和家人一起，筑起母亲坚强的依靠，不敢迟疑，不敢懈怠。

2013年，我的外婆、祖母相继过世。虽说都是高寿，但亲人的离去，还是令我们悲伤难以释怀。从此，父亲母亲被推到了生命的前沿。风雨来了，我就该是父母头顶的那把伞。

2014年，妹妹、外甥手术，医院，又成了我们那段时间积极奔赴的场所。胆战心惊、如履薄冰，但我们必须全力以赴挺直身躯。还好，有惊无险，顺利度过。

六年，儿子高中毕业，与我们一起生活的外甥也上了高中。少年初长成，可喜可贺啊！

六年，就这么刹那间过去了。

那天，我拿着新换的驾照，上面注明下次更换的时间是十年后。

十年该有一段距离吧。不，十年仍然短暂。

忽然，我心生惶恐。我害怕失去时间，我害怕失去亲人，我害怕我一事无成就老去了。

人生需要规划，从即刻起。虽然，我握不住时间，但我可以好好利用时间。我可以和爱人、和儿子一道，继续成长，长成一棵枝繁叶茂的大树，为家人支撑起浓浓绿荫，为家人留下累累硕果。

至此明白，许多人所谓的成熟，不过是被习俗磨去了棱角，变得世故而实际。其实这不是成熟，而是精神的早衰和个性的天折。真正的成熟，是独特个性的形成、真实自我的发现、精神上的结果和丰收。

　　花开不尽，只要我们一起努力！

生命的衰退与消亡

看到这样一段文字：

生命的两端是不平等的：一岁孩子把牛奶打翻往往被原谅，而八十岁老人任性把水倒了，大家就或有责备。一岁的孩子不愁没人喂养，八十岁的老人却担心没人赡养！阿尔茨海默病的残忍就在这里，孩子怎样成长，老人就怎样退化。他们没有"痴呆"，只是回归孩子的状态。当他们忘记往事，忘记如何吃饭，忘记如何说话，请耐心对待。

突然难过，无法自已。

年老带来的病痛与折磨，竟是这般的惊心与残酷。

尽管身体的衰朽，生命的老去，是亘古以来无法更改的铁律，但我还是无法面对、无法接受一个生命的衰退乃至其渐渐的消亡。

外婆年轻的时候，生活很艰难。早年丧夫，带着女儿们改嫁，结果又落穷窝，常常吃了上顿没下顿，天天都像是过年关。她那时就想，我苦点累点算个啥呀，把女儿们养大我就可以过上好日子了。结果，女儿大了，她终于不再为生计发愁，有吃有穿，生活无忧，想不到却被心脑血管病击倒，偏瘫十八年，与脑中风后遗症苦苦抗争，痛苦而无奈地活着。

她常常吃啥吐啥，全身酸痛，骨头骨节似有蚂蚁啃食，说不出的难受。如果遇上节气变化，更是雪上加霜。我想，外婆究竟过了多少快乐舒坦的日子呢？一辈子勤俭持家，一辈子辛苦劳作，老了还得忍受病痛折磨，为她心伤，她却心宽。为她不平，她却坦然。外婆对她的一生不后悔，不埋怨，唯有知足，唯有心安。其实，日子就是这么熬下去的，熬过来了就阳光灿烂月白风清，熬不过去就画地为牢自我伤害。

外婆离开的那个初夏的黄昏，她和四姨妈边吃晚餐边聊天。她说了很久以来最多的话，她说她是李家屋里活得最久的人，四姨妈说你要争取活到九十岁，多看些光景，多享些福，外婆点点头，说活到九十岁怕没啥问题。此时，外婆离她八十六岁的生日还差个把月的时间。外婆和平常一样，不要人搀扶，挂着拐杖独自蹒跚着回到卧室，一般她要休息会儿再看电视。哪知在没任何征兆、没任何异样的情况下，外婆悄悄走了。她平躺地上，双腿打直，手贴裤缝，连弯曲变形的左手都调整得端端正正。鞋子脱了下来，鞋尖朝向身体，摆放整齐。外婆眉眼紧闭，神态安详。想不到，外婆竟选择这样的姿态离开。

外婆曾说过，她过世时不要睡床，不然到了阴间，要背床，会很累很不方便。她还说，她走时不会磨人，会走得很快当，说走就走了。她还说，上天眷顾她，病病快快还活了那么久。一切应验，她在我们都没有防备的情况下，放松自己的身心，长长舒口气，静静走了。

也许，不是苍天眷顾，不是命运怜悯，而是外婆自身修来的福报，让她高寿，让她女儿孝顺。她心地善良乐善好施的品行为她种下了善因，她辛苦劳作一心为家的美德为她结下了善果。她年轻时经受的所有苦难最终成全了她。

外婆的乐观豁达，外婆的生活智慧，令人敬佩教人感怀！

四姨妈说，她还记得三十来往岁时的幸福时光。父母未老，她正年轻。她和姨父在外面打拼，外婆在家料理家务带孩子。外婆为她解除后顾之忧的同时，四姨妈奋力工作，努力赚钱，想给外婆一个坚实的臂膀作依靠。就那么平静了几年，外婆脑溢血，险些丧命。辗转了多家医院，保住性命，留下了顽固的后遗症，离不了人，需要人照顾。

那年，四姨妈三十二岁，上有老，下有小的，她是家里的主心骨、顶梁柱。承担、隐忍、付出、委屈，她一个人默默地陪着年老病弱的父母。

四姨妈说，我孝敬父母，供养父母，为父母养老送终我就算完成任务了。可是，当你完成任务时，你也就老了。老，是一个谁也逃避不开的命题。

外公外婆高寿。在农村，翻过八十岁的老人就算是高寿了。他们还算有福，生养了五个女儿比五个儿子管用，把四姨妈留在家里招了个女婿上门当儿子使。天遂人愿，做家具生意的姨妈姨父照顾了双方家庭的老人，都是曾经在苦水里泡过的人，彼此惺惺相惜，互相搀扶，在一个屋檐下，过着平静悠缓的日子。

最先走的是外公。老年痴呆三年，最终功能衰竭，油尽灯枯。痴呆真的可怕。那个夏夜，外公从床上滚落下来，在冰凉的地板上不知待了多久。家人发现时，外公已认知模糊，思维混乱，胡话连篇。

他曾走到废弃的祖屋里，眼泪汪汪地久坐，任凭亲人怎么寻找，都不应声。附近的沟渠、堰塘、粪坑，都一一捞了个遍，都以为他走丢了，马上就要打电话报警了。突然，有人建议去住房后面的老屋看看。只见外公颓然坐在地上，在结满蜘蛛网布满灰尘的屋子里老泪纵横。谁也不知道他在想些什么？似乎谁都预感到了什么。

虽然他痴呆，但有些东西已深入了骨髓，应该不会忘记。比如，一直待在他身边的四姨妈，不管什么时候，他总能清楚叫出她的名字，只有四姨妈说的话他才听得进去。

对于祖屋，外公不会忘记。不然，他费尽心机进去干啥呢？那里，有他年少的回忆，有他久逝父母的身影，还有他父母冥冥中的召唤。

为了不让外公走失，也为了有好的生活条件和医疗条件，外公被送往疗养院，相当于幼儿园的孩子全托。

其实，人生真的有很多相似之处，老还小，老还小，人老了，就变成了小孩子，需要人陪，需要人哄，需要和人说话。他不会吃饭了，要你喂。他走不动路了，要你扶。他常常莫名地哭，要你安慰。

外公在疗养院里，从此不再下床，害怕光，害怕见陌生人，"躲"在角落，与外界隔绝。他除了吃喝拉撒，再没别的需求，像个单纯透明的孩子。

外公弥留之际，一口气久久未曾落下。我们接他回家，他在他床上躺了会儿，就安然去世。原来，他和许多老人一样，需要叶落归根。

四姨妈送走了外公外婆，她也五十多岁了，也快老了。我们说岁月不饶人，其实我们又何曾饶过岁月？我们总在岁月里沉浮挣扎，紧紧抓住岁月不放，与岁月势不两立。

令我们无法释怀的是，妈妈老年又面临与外婆相似的处境。年老的宿命，摆在了面前。

一场意外，妈妈脑部受伤，动了开颅手术，昏迷十五天，终于醒来。命大福大，儿女欣慰。可是留下偏瘫的后遗症，折磨着妈妈的精神和肉体。

庆幸，经过科学系统的康复训练，妈妈行走已不成问题，但左手的功能基本丧失。妈妈坚信，她的左手经过治疗和锻炼，一定能恢复从前。只要她看到电视里面的广告说哪种问世的新药对她的治疗有帮助，就让我们给她买回来试用。只要她听说哪儿的医生治疗这种疑难杂症有效，就要我们带她去寻医问药。甚至村子里的人说的一些偏方，她也刨根问底、一一实践。因为，她无法接受自己的现在，无法排解内心的障碍。

应该说针灸、药熏等传统治疗方法，对妈妈的肢体康复有很大的辅助治疗效果。可妈妈心太急，情绪波动大，一两个疗程下来不咋见效，她就要求换医院另找大夫。劝她坚持久点，可她怎么也没那份耐心。医生说，你妈妈能恢复到现在的状况，已很不错了，可以说是一个奇迹。要想恢复到像正常人一样，几乎不可能。可我们无法告知她的真相，不忍浇灭她心底熊熊燃烧的希望。

妈妈怀念从前好手好脚的日子。年轻时，她一个人带三个孩子，还要种五亩多田，忙得披星戴月，忙得脚不沾地，可那忙碌里全是沉甸甸的希望。就是曾经的四次手术，每次都险象环生，每次都如履薄冰，妈妈也不曾畏惧，至少她行走自如，身心自由。包括两个孙子读书，她每天接送，督促学习，检查签字，严重挑战着妈妈的文化水平，可妈妈慢慢学，认真得一丝不苟，因为含饴弄孙的日子，含蕴的是满满的幸福。

年轻的苦和累换来她老年的甘与甜。妈妈该好好享福了。可命运捉弄人，病痛跟着她，寸步不离。人，绕不开生老病死的圈儿，真的苦啊。

妈妈说她是废人，拖累家人了。她曾经将农药递到嘴边，最终还是颤抖着放下。她说子女好不容易把她从鬼门关里抢夺回来，她不忍辜负。她说她还没看到她带大的两个孙子完成学业，她心有不甘。

爸爸说，你活着，就是我们最大的幸福。妈妈说，我日子难熬，度日如年啊。

我知道，妈妈缺少的是坚强的意志，是蓬勃的希望。可是，对于一个长期备受病魔煎熬的老人，她的希望在哪儿呢？精神支柱又是什么？我只有说，家里离不了你，爸爸还需要你陪伴他，需要你好起来为忙碌的他煮饭。我只有说，孙子离不了你，孙子还需要你看着他等着他有出息，他要你享他的福。

那天，妈妈突然全身抽搐，口吐白沫，神志不清。我们以为她中风了，狠下心来给她指肚放血，连夜送往医院。诊断结果，继发性癫痫。于是，再次住院治疗。

半个月的时间，再次摧毁了妈妈的毅力。

由于用药过多，血管老化，输液成了难题。两只手，两只脚轮换着打点滴，青一块紫一块的，目不忍睹。一组药物，要换几个部位才能输完，做子女的，真的不忍心看她痛苦。如果，能代替她的痛苦，哪怕一点点，我们都非常乐意。但没办法啊，只有劝妈妈忍耐，耐过去了就是胜利。

妈妈的抵触情绪开始增加。家里的人她一个个的数落，说我们这儿做得不好，那儿做得不好。那些陈年旧事，她一把鼻涕一把泪地诉说。婆媳关系、姑嫂关系的难以调和，兄弟姊妹的明争暗斗，她在娘家的不公平待遇，她在婆家遭受的种种屈辱。她只有争强好胜，她只有迎难而上，才能保全这个家，让这个家在风雨飘摇的日子里完整如初。

真的感谢妈妈的付出，妈妈这辈子活得好不容易。我们倾听着她的诉苦，理解她，敬重她。我说，妈妈，把你年轻时钉子都咬得断的泼辣干练的劲仗拿出来好吗？妈妈摇头。她说她这一生算是彻彻底底失败了。奋斗一生，没换来好的结局。

不，妈妈。我一直视爸妈为骄傲。我经常以爸妈的事例来鞭策自己，教育儿子。爸爸身残志坚，自学成才，拥有自己的事业，实现了生命的价值。好多残疾人，自怨自艾自暴自弃，生活无以为继，活得没有尊严。而爸爸敢于和命运叫板，用知识改写了自己的人生，用智慧诠释了生命的灿烂。妈妈，历经坎坷磨难，依然站成大写的人字，生命的坚韧、为人的正直、生活的隐忍、人性的通达，让子女肃然起敬。父母带给我的精神财富，如泉涌动。

妈妈说，我这次好不起来了，我责任已尽，对尘世不再眷念。

那夜，我站在医院十六楼的窗口，看着灯火闪耀的城池，目睹繁华冰凉的街市，我欲哭无泪。人老，就是这般的无助与无奈吗？

妈妈，坚强些好吗？像外婆那样，活出生命的另一种风采。我在心底呼唤，我在心里祈祷。

这就是岁月的刀剑刻在我心上的伤。

人老，就意味着衰退，就意味着消亡。谁阻止得了？谁又能阻止？而人生磨炼中的那些人性的美好与善良，却是铮铮铁骨、凛凛风范，刻在个人的史册里，永远鲜亮！

流年·纪念

单位搬迁到新城区，一座高大雄伟、气度不凡、配套完善、环境优美的综合办公大楼。隔着玻璃幕墙，远眺，可以感受新城区的崛起与变迁，可以一览新城区的繁华与胜景。

办公条件的现代化信息化，带来意想不到的便捷和舒适。可还是忍不住怀念，怀念那个我仅仅停留了半年的地方。一幢普普通通的小楼，一间间简洁素朴的办公室，几个单位各居一楼，犹如大杂院的住户，鸡犬相闻，你来我往，和睦相处。

曾选择调到这个新单位时，许多好心人劝我，人到中年了何苦再去折腾？做着驾轻就熟的工作，体验一些小小的成就感，按部就班工作到退休，不也很好？

可是，我决定选择。义无反顾，从从容容。

因为，那不羁的个性，不灭的信念，执着的情怀，让我始终迷恋在路上的感觉，与光阴同步，与时间随行。熟悉的环境里，惰性易生，惯性易留。我断了自己的退路，挥挥手，迈开前行的脚步。

就像二十五岁那年，放弃了优越的工作条件和"优秀青年教师"的荣誉，调到那所简陋破败的乡村学校任教。面对艰苦恶劣的环境，没有后悔，没有犹豫，努力进取，乐观向上，为的是和心爱的人心手相牵，执手到老。

就像三十五岁那年，放弃了学校行政管理岗位工作和美好的前程未来，调到机关工作。面对烦琐忙碌的工作，没有退缩，没有埋怨，积极应对，主动作为，为的是让人生经历磨砺，让生命丰富厚重。

于是，在四十岁这年，我再次伫立人生十字路口，将人生的许多重负和顾虑清零，信心百倍，眺望未来。

不知不觉，来新单位工作已半年。从陌生到熟悉，从生疏到熟练，进而喜欢上这份全新富有挑战性的工作，并且能把工作和自己的业余爱好结合起来，体会到工作带来的成就感和快乐感，真是幸运！

单位搬迁，是在那个阳光明媚的初夏。我将文件资料归类整理装进纸箱，目睹搬家公司拆下办公桌椅，念着那些着满我印记沾染上我气息的东西就要到另外一个地方，继续陪伴着我，不舍不离，心底便装满感谢。

想起别个单位的工作人员每天早上上班时间准时在楼下空坝里集合点名，整齐的装束，昂扬的精神，心里有种震撼，有些敬佩。

想起每天下午都有违章的摊贩进院来接受处理，有的哭哭啼啼，有的吵吵闹闹，下班了，还坐在阶梯上，满脸惶恐与凄然，心里有些不忍，有些难过。

回忆起在新单位工作的点点滴滴，有艰辛，有劳累，有困惑，有感悟，更有成长，有收获。

那赶写材料的时日，时钟滴答仍浑然不知。

那熬夜加班的夜晚，星星月亮在窗外陪伴。

那集体活动的周末，欢声笑语随尘光飞扬。

窗前的吉祥草，碧绿葱茏。胭脂花，迎风摇曳。仙人掌，开出迷人的小花。花叶无语，我心流连。

岁月挡不住光影流年的淌过，但生命中那些美好的记忆不会走失，会留在老地方，等着我去唤醒。

我的年华在那里驻足，不多不少，仅仅半年。

云淡风轻的半年，倏忽而过的半年，刻骨难忘的半年。

很想告诉时光，那半年，我很留恋！

你就是我的天使

　　像孩子依赖着肩膀 / 像眼泪依赖着脸庞 / 你就像天使一样 / 给我依赖给我力量 / 像诗人依赖着月亮 / 像海豚依赖海洋 / 你是天使你是天使 / 你是我最初和最后的天堂……

　　听五月天的《天使》，其优美的旋律，温婉的歌词以及缓缓流淌出的深情，深深打动我的心灵。

　　而走进新都区三河中心敬老院兴华分院，和杨素蓉院长的一席长谈，让我深切感受到，杨院长就是老人们的天使，敬老院就是老人们的人间天堂。

一

　　杨素蓉，出生于 1965 年 3 月 8 日。1982 年 7 月，在乐至县宝林区中学高中毕业后，怀着一腔青春梦想，辗转来到成都新石公司上班，在新都一位百货老板的柜台上当售货员。

　　聪明伶俐、吃苦耐劳的杨素蓉工作不到三个月，就被赏识她的老板推荐到新都参加会计培训。

　　1984 年，新都县石板滩乡企业办公室招聘会计，有知识储备有奋斗目标的杨素蓉，终于把握住这次机会，如愿应聘到石板滩乡工作，任福利院会计。

　　从此，她像一颗生命力旺盛的种子，在新都的沃土上生根发芽，茁壮成长，成为一棵参天大树，为石板滩乡的老人们带来无限福音。

二

会计，是一项专业技能较强的工作。杨素蓉，一个从土生土长的农村走出来的知识分子，正值豆蔻年华，窈窕淑女，惹得好多人羡慕。

在杨素蓉的心目中，会计工作，无非是坐在窗明几净的办公室里，做些查对发票、核算账目等写写算算的工作，干净卫生，轻松惬意，真是从糠箩兜跳进了米箩兜里了。

可现实总是骨感，有些不近人情。

在福利院，杨素蓉除了做会计，更多的是担负起照顾老人的责任。

最初的福利院，占地十多亩，房屋低矮简陋，有以五保户为主的二十多位老人在此居住。工作人员却只有三人。一个分管领导（由乡政府武装部部长兼任），一个会计，一个工人。

人手少，只有见到啥事做啥事。一日三餐分饭分菜，用鸡公车推老人去看病，护理重症病人。年轻的杨素蓉，吃住在福利院，和老人们时刻在一起，忙得脚不沾地，大冬天的，额头上还渗着汗珠。

对一个年轻姑娘来说，福利院的事务还难不倒她。感到困难的是，那年月每年要到生产队称粮。

每个五保户每年由生产队负责供应四百多斤大米。有的生产队考虑得周全，由队长把每家的定额收拢一堆后，由杨素蓉驮起就走。有的生产队还需杨素蓉一家一家地去称，遇上没人在家，还得多跑几趟。

杨素蓉骑上二十八圈的加重自行车，前面杠子上搭一大袋米，后衣架上捆一大袋米，颠簸在坑洼崎岖的丘陵小道。有时遇上村民的狗跟着她撵，惊慌失措的她摔了多少跤，留了多少伤痕，她自己也数不清。后来有经验了，就绑根棍子在车后架旁边，有时吓唬狗，有时下雨用来戳车圈上黏着的黄泥巴。

"客家人淳朴善良，考虑到我一个姑娘家，东奔西跑收粮辛苦，都很配合我工作。我每到一个院子，闲着的大妈们帮我拿的拿称，牵的牵口袋，热情得很哦，让我很不好意思。"

"后来，福利院增添设备，买了辆70摩托车，女同志不敢骑，乡上就分了个男同胞来，收粮时，他收距离远的乡村，我就收近的村落。"

因为老人们每年的柴火钱有限，为了节省开支，杨素蓉将煮饭烧柴火改为烧坨坨碳，并且亲自动手做煤球，满脸黑灰，只剩一口白牙。

夏天，小青瓦房子漏雨，杨素蓉不敢上房拣瓦，就拿根长竹竿对着透亮的地方一点点戳，戳到不见光亮为止。

就这样，一个大姑娘历练成敢说敢干、雷厉风行的女汉子。

为了改善老人们的生活，杨素蓉出点子，想办法，勤动手，敢实践。

1987年开始，在福利院前面的空坝里修起了几间房屋，搞竹编生产，开茶馆，办轧花厂和塑料管厂，后来不办厂了，又将房子租出去，收取租金。

经济条件的改善，为福利院迎来了生机与活力。

增聘护理人员、出纳、炊事人员，提升院内管理服务水平。

为老人们添置新衣，改善伙食，一周可以吃三次肉了，逢年过节，摆坝坝宴，一桌十来个菜品，老人容光焕发。

会计培训班的同学来看望杨素蓉，见好些老人流鼻涕流口水，便小心地问她："天天和这些流口水的老人在一起，烦不烦？你吃得下饭吗？"杨素蓉抹了下额头被汗水打湿的刘海，平静地说："咋吃不下。早就习惯了。"并一再强调，"对待老人需要爱心。"

说实话，当她第一次踏进福利院大门时，确实有些心凉。

理想与现实的反差，令人无法想象。美好的憧憬和浪漫的情怀，服从工作分配与勇于担当责任，孰轻孰重，年轻的杨素蓉还是能够分清。既来之则安之，既然工作需要她，老人们需要她，那就留下来吧，为孤苦无依的老人们做点实实在在的事情。

也曾有企业请杨素蓉出山，干专职会计工作，工作条件好，薪酬待遇高，多说几次，她也有点点心动。老人们听说后就来劝她，"不走了嘛，你咋舍得我们嘛。"老人恋恋不舍的神情，令杨素蓉无法转身离去。

因为，天长日久的相处，她和老人们已经亲如父女情同母女。

三

在新都，杨素蓉收获了她的爱情。

是爱心仁义之心，将张元斌与杨素蓉的心紧紧相连。

张元斌，是石板滩镇金三角社区乡村医生。从十七岁高中毕业起，就跟随县名中医曾益松学医。至今，从医已三十五年了。

在经济困难年代，村民看病赊账是家常便饭。张医生从不记账，患者记得就还，记不得就算了。遇着行动不便的患者，张医生背起药箱，上门问诊，不计报酬。

20世纪90年代初，村里一位老人气喘厉害，医疗站条件有限，张医生劝她到乡卫生院治疗。可患者支吾了半天，就是不愿去，坚持要张医生给她开药。在得知老人家庭经济困窘的现状后，张医生毫不犹豫掏出衣袋里仅有的一张50元面额的钞票，递到老人手中，嘱咐老人前去卫生院就医。要知道，那时50元面额的钞票才发行不久，好多人还没见过呢。

1987年，新郎张元斌从福利院将杨素蓉娶回了家。福利院的老人们，理所当然成了杨素蓉的娘家人。

福利院嫁女儿，娘家人总该表示点什么嘛。杨素蓉深知老人们生活艰辛坎坷，一生无儿无女，或者有儿女但儿女夭折，有的还带有残疾，生活极为不便。是社会的进步和作为，将丧失劳动力且老无所依的老人们集中安置在一起，共度幸福晚年。他们的情，只能心领，只能通过工作中的关爱和扶持来回报他们。

年长的肖婆婆不干了，非要将自己一个月3元的零花钱塞到杨素蓉手里，并眼泪汪汪地看着杨素蓉走出福利院。走出很远，杨素蓉还依依不舍地回望，见老人们在大门口挥手凝望，白扑扑的发丝在风中飞扬。

第二天，杨素蓉就回到了福利院上班。老人们像好久没见到女儿似的，亲热地围着她，笑语盈盈。杨素蓉以吃喜的方式将礼物一一分给老人们，以一种朴素的方式保留了老人们的心意与自尊。

有一年，杨素蓉生病在家休息了三天。老人们自发组织轮流到家里来看她，有的甚至用自己不多的零花钱为她买来水果、补品。

刚开始，杨素蓉执意不要，但看到老人们被拒绝后的沮丧，她还是收下了。不过，后来她又以各种各样的理由退还给了老人。

千里送鹅毛，礼轻人意重。丈夫张元斌非常感动，觉得妻子工作中所有的付出和劳累都值了。

在石板滩镇，老人们习惯性地称呼杨素蓉为"杨会计"。就连儿子也耳濡目染，跟着爷爷婆婆们喊"杨会计"，上小学了，才改口喊"妈妈"。

小时候，儿子在福利院待的时间最多。从幼儿园放学回来，妈妈忙碌，儿子就跟着婆婆爷爷玩儿，婆婆爷爷和他玩游戏，教他念童谣，欢声笑语在静谧的院落飞散飘荡。妈妈周六周日加班，儿子也来到福利院，和老人做伴，他是大家心头的

"宝"。

"小老鼠，上灯台，偷油吃，下不来。喵喵喵，猫来了，叽里咕噜滚下来。"

"找啊找啊找朋友／找到一个好朋友／敬个礼呀／握握手／你是我的好朋友／再见！"

稚嫩的童音，像春天的活泼的燕子，飞进东家，又飞西家。

四

《孟子·梁惠王上》云：老吾老以及人之老，幼吾幼以及人之幼。意思是说，在赡养孝敬自己的长辈时不应忘记其他与自己没有亲缘关系的老人，在抚养教育自己的小辈时不应忘记其他与自己没有血缘关系的小孩。

孟子的这句千古名言，杨素蓉用一生去实践。

叶吉安，留着一把山羊胡子，是曾参加过抗美援朝战争的老革命，他比杨素蓉还早些时候来到福利院。第一次见到叶吉安时，老人衣服被磨破了好几个地方，一身邋遢，这让杨素蓉感到自己身上责任不轻。自此以后，她就把老人当成重点照顾对象。

叶吉安衣服破了，杨素蓉亲自一针一线为老人缝补。天气变化了，杨素蓉随时提醒老人增减衣服。叶吉安年纪大了，杨素蓉为他盛软和的饭菜。

叶吉安听力减弱，听不清楚别人说话，背也驼了，他常常一个人在院子里一坐就是半天。杨素蓉看着叶吉安越来越沉默寡言，心里着急，只要有时间，她都会陪老人坐会儿，聊上几句。虽然叶大爷听不见，但他能够感知杨院长对他的关心，他会像小孩子一样高兴许久。

老人到街上和生产队的熟人喝酒，一时高兴就喝醉了。杨素蓉接到消息后，亲自上街背他回来，告诉他注意身体，酒适量即可。

"老人害怕孤独，特别是像叶吉安这样的老人，更需要与人交流。"在杨素蓉照顾他的二十多年里，叶吉安身体健康，没住过一次医院。

2009 年，九十八岁高龄的叶吉安老人平静安详地离开这个世界。

李久义老人，患有间歇性精神疾病，每年春天，都要发病。一次，他到木兰镇走亲戚，回敬老院途中走失。杨素蓉和其他工作人员分成几组，与他的亲属一道，先在木兰镇、石板滩镇区域范围内寻找，再一步步扩大寻找范围，时常找到深更半夜。在集市、车站、路口等人群密集的地方，张贴寻人启事，只要听说哪里有人长得像他，他们就马不停蹄地赶过去确认。四十天的时间啊，杨素蓉心急得没睡个安稳觉。后来，李久义自己回来了，看见杨素蓉就像见到了亲人一样，杨素蓉看着老人足有一尺长的胡子以及老人脚上打起的水泡，眼里满含泪水。

从此，杨素蓉针对院内精神疾病患者的个性特点，在加强看护管理的同时，在患者易发病时间段便将其送到专业医院治疗，待过了发病期，再将其接回敬老院。

肖明玉婆婆，是现在敬老院里年龄最大的女性，今年八十七岁了。她原住石板滩镇翻身村，与独子相依为命。后来儿子不幸落水身亡，她成为五保老人。随着年纪的增长，肖婆婆劳动力减弱，一个人生活不方便，村干部便劝她到敬老院生活，她抱着试一试的态度，于1995 年 10 月住进了敬老院。这一来，她爱上了敬老院，和院里的老人成了相依相伴的兄妹。

别看肖婆婆年纪大，可一点不糊涂，衣着整洁，红头花色的。

她说："杨素蓉经常和我们摆龙门阵，常常是有说有笑，难得看到她跟敬老院的老人发过脾气、红过脸。我们当她是自己的亲人！"

谈起2008年"5·12"汶川特大地震，杨素蓉还心有余悸。"房子甩成四十五度角，左偏右倒，好吓人哦。"

第一时间，杨素蓉和院里所有工作人员，不顾个人安危，一起来到每个老人的房间。男同志在底楼背行动不便的老人，女同志到二楼组织疏散有自理能力的老人，有条不紊地将老人转移到安全地点。当杨素蓉把最后一名瘫痪在床的老人转移出去时，才发现自己脚上的高跟鞋已不知啥时候丢了，脚被刮伤还流着血。

为了预防余震发生，她和姐妹们夜以继日轮流守候，七个昼夜没回过家。声音哑了，喊不出话，就准备铁盆铁杆，告诉老人们，听到铁盆响，就往外面跑，不能跑的就等工作人员来背。

杨素蓉的声带，过了半年才恢复正常。

工作过程中，受委屈也是杨素蓉预料中的事，但是她更看重与老人们长期建立起来的友谊。

温松安老人爱喝酒，有一次老人喝醉了，杨素蓉上前劝阻。

"温大爷，你别喝那么多酒，伤身体啊。"

"我喝我的酒，管你啥事？"话毕，一泡口水吐在杨素蓉脸上，才揩干，温大爷又朝杨素蓉腿上踢了一脚，还骂骂咧咧想把她轰出房间。

受到这样的委屈，平常人都要大发雷霆，可杨素蓉不，她仍然照顾温大爷上床休息。等他酒醒后，杨素蓉又耐心地给他做工作，说服老人改掉醉酒的坏习惯。

如今，温大爷还是要喝酒，但是非常有节制，没有再喝醉过。说起吐口水打人的荒唐行为，温大爷很不好意思呢。

老人，就是我的父母。尽管杨素蓉家也有父母公婆，可她无暇顾及，只能把孝心和孝顺，落实到逢年过节的空闲时间。

父母公婆理解支持她，常对她说，我们身体还可以，能自己照顾自己，你就安心照顾敬老院的老人吧，他们比我们苦，你要好好对待他们。

五

从小就失去父母的孤儿，人生之初就经历了生命的疼痛，在他们成长的过程中，更需要来自心灵的安抚和关爱。

杨素蓉，就像慈爱的妈妈用心呵护他们的成长。孩子们亲切地称她为"杨孃孃"。

孩子每天放学回到敬老院，杨孃孃都要来到孩子房间里，嘘寒问暖，过问其学习生活情况。

孩子有了情绪波动，杨孃孃明察秋毫，及时与他们促膝谈心，走进他们的内心世界，和他们做知心朋友。

孩子在校的表现情况，杨孃孃通过走访和电话联系班主任，也了解得一清二楚，和老师通力合作，激励孩子通过知识改变命运。

杨孃孃最关注的是孩子良好道德品质的养成教育，他经常召集院里所有孩子一道，做游戏，唱儿歌，讲故事，阅读课外读物，努力塑造孩子开朗、阳光、积极、健康的个性。

何维兰和何盛强两兄妹 20 世纪 90 年代初到敬老院时，姐姐十三岁，弟弟七岁。姐姐学习勤奋，刻苦好读，高中毕业后，考上兰州医学院就读，毕业后在成都工作。

陈其秀，先天性青光眼。父亲早逝，母亲严重智障。母女一起来到敬老院居住。

杨素蓉对女孩的未来很是担忧。"她妈妈倒老了，有政府管。可孩子的路还长啊，总得想个办法以后能自食其力才行。"

陈其秀学过盲人按摩，但因身材矮小瘦弱，身高不足一米五，手细小没劲，做一阵子确实不行。

杨孃孃就安排炊事人员教她做家务活，做个勤快能干、懂事明理、勤俭持家的贤惠女子。

陈其秀长大结婚，敬老院为她置办了嫁妆，高高兴兴把她嫁到男家。

"前几天才回来看她妈妈，带着一对儿女，生活幸福！"

钟常良，四岁多时，父亲过世，母亲因未和父亲办理结婚证，就离家出走再无讯息。他和阿婆一起来到敬老院。

钟常良性格温和，懂事孝顺，常帮助阿婆等老人做些力所能及的事情，很受大家欢迎。初中毕业后考上中专，后被华西都市报下属的一个单位录用为工人。

他们，回到石板滩镇，就必到敬老院看看。因为，敬老院是他们永远的家。

他们，有啥困惑有啥喜讯，都要向杨孃孃诉说。因为，杨孃孃，是他们温暖的依靠。

他们知足感恩，懂得用自己的双手和智慧，去回报这个社会，回报身边那些可爱的人！

六

1996年，杨素蓉任石板滩乡福利院院长。2006年9月25日，石板滩镇福利院与合兴敬老院合并，更名为新都区三河中心敬老院兴华分院，老人数量由二十多人增至八十多人。面对工作重担，杨院长坚持"以老人为本，为老人解愁"的工作理念，一如既往地开展以"爱心、细心、耐心"为内容的"三心"服务工作。规范管理，强化服务，创位升级，建设和谐、稳定、安全的敬老院，真正让老人们老有所养、老有所医、老有所乐、老有所教、老有所为。

杨院长重视科学管理，强化人性化服务，让老人们觉得你不是在管他，而是为他服务，是在关心爱护他。

征求院民意见，制定了院规民约、食堂管理制度、卫生制度、值班制度、院民出入等一系列规章制度，定期组织院民学习讨论，不断修正完善。

合理安排一周菜谱，保证每餐鲜菜鲜饭。每逢传统佳节特意为老人准备丰盛的饭菜和丰富多彩的文化娱乐活动。

做好环境卫生保洁和美化，清扫卫生死角。公共场所干净整洁，老人床上用品、衣裤按时清洗。定期为老人理发，为生活不能自理的老人更换衣裤，定期洗澡等。

工作人员把老人当成自己的父辈，多与他们拉家常，了解老人性格、思想动态。在老人之间，建立互助小组，开展帮护活动。

组织老人进行安全知识学习，讲解安全用气、用电、防火等常识。

杨院长积极动员五保老人参与院务事务管理。推行五保老人自治管理模式，在五保对象里民主选举管委会成员，实行民主监督、民主管理。管委会的成立，不断提升了敬老院的服务管理水平，化解了五保对象之间的纠纷，对敬老院的安全和谐发展起到了积极作用。

杨院长长期从事敬老院的服务管理工作，深知老人们来自不同的家庭，几十年的秉性难以改变，有些陋习依然存在，忽然有一天大家生活在一起，日益凸显的矛盾纠纷影响着敬老院的和谐稳定。在区民政局和区司法局的支持下，成立了兴华敬老院矛盾纠纷人民调解委员会，组建了由镇司法所长、院内管理人员、德高望重的五保对象、老人代表等为成员的调解员队伍，参与老人之间的矛盾纠纷化解，及时消除老人之间的是非隔阂，把矛盾消除在萌芽状态，化解在敬老院内部。

虽然是隆冬时节，但敬老院内仍温暖如春。天竺桂苍翠碧绿，如一把把大伞，风姿绰约。绿树下草坪青青，如一块块绿毯，生机盎然。花坛里，红的、白的、黄的，紫的……各色小花绽着笑脸。绿树后面的两层小楼，灰瓦白墙，在冬日的暖阳里沉静温婉，熠熠生辉。

老人们三三两两地休闲着。有的搬把凳子出来，边晒太阳边听收音机。有的在健身器材区域，边甩着腿脚边聊着天。有的在坝子里转着圈儿散步……生命的脚步，充实悠然。

你就是我的天使／保护着我的天使／从此我再没有忧伤／你就是我的天使／给我快乐的天使／甚至我学会了飞翔／飞过人间的无常／才懂爱才是宝藏／不管世界变得怎么样／只要有你就会是天堂……

杨素蓉，就是天使。她三十三年如一日，无私奉献，克己为公，将自己心血倾注到敬老院每位老人和孩子身上，让他们找到了阳光和快乐，看到了希望和力量！

有你，就会是天堂！

你的努力，终会开花

不可能每个人都是含着金钥匙出生，但是我们可以通过不断的尝试和努力，提升自己能力，改变自己命运。

采访廖家，这个 1993 年出生的青年，给我强烈的感觉就是，一身正气，勇于闯荡，从不言败，努力进取。

一

小孙子的出生，给石板滩镇五一村十组四世同堂的廖氏家族，带来新的喜悦和欢乐。按照辈分，爷爷廖品先给小孙儿取名廖家义。谁知上户时，经办人员少写一个"义"字。爷爷说，廖家就廖家吧，都是一样的。其实，"廖家"这名字内涵更丰富，它代表着廖氏家族，是家族老少人口的总和。

廖家三岁时，父母因性格不合等多种原因，协议离婚。母亲另嫁，而父亲带着年幼的儿子，从此不言婚配，含辛茹苦抚养孩子长大。

"你爸那么年轻，为啥不再找个伴侣呢？"

坐在我面前的廖家不好意思起来，习惯性地用手抚摸着脑袋。他中等个儿，结实健壮，板寸头发衬着他方方正正的脸庞，显得朴实憨厚，沉静内敛。

"爸爸还不是为了我，免得我受后娘的气。现在在成华区龙潭寺的一个钢铁厂打工，过惯了一个人的日子，爷爷奶奶劝他找个伴儿，他说随缘吧，就这样一拖再拖。"

由于学习成绩不理想，也考虑到爸爸抚养自己的不易，廖家还没读完初二上学期就辍学了。俗话说，穷人的孩子早当家。虽然身处农村家庭，温饱早已不成问题，但廖家还是在十五岁的年纪步入社会，开始了二代打工者生涯。

叔叔在成都八一家具城附近开了家汽修厂，廖家从2008年11月起，就在汽修厂做油漆工，给汽车刮灰补漆。第一个月工资五十元，第二个月工资一百元，持续半年，工资涨到每月两百元，随着技术的熟练，后来月薪升到五百元。

"第一次挣了五十元工资，你是什么心情？"

"其实，是叔叔在考验我的毅力。十五岁一个娃娃，能做啥事情嘛。可我就是和工人一道，摸爬滚打，坚持了下来。拿到工资，我挺高兴的，原封不动交给爸爸保管。"

可他工作了三年，还是没能坚持下去。不是他不珍惜这份工作，而是身体条件不允许。

他想，老天真的是成心和我作对，看着要成熟手了，却给我一个下马威，让我过不了这个坎。

廖家属于过敏体质，皮肤对油漆过敏。第一年打下手，还没啥反应。第二年自己可以直接操作了，问题就出现了。身上起红点，奇痒难受，忍不住用手抓，红点就溃烂，不见好转。后来鼻孔出血，用纸巾去辗，一团团殷红的血迹，有些害怕。于是辞职，另谋出路。

整整三年，廖家的青春期在灰尘与油漆中度过，在劳碌与汗水里挥洒。

"青春期有过叛逆的思想吗？"

"说实话，叛逆对我来说，纯属奢侈。我只想多学几个工种，快点掌握技术，以后自己开个汽修厂，当老板，人生才惬意哦！可是，我没有这样的机会了。特别是这几年，汽修厂市场饱和，开不成了。"

经过辗转，2011 年末，廖家到石板滩镇优胜村玻璃厂刨玻璃，也就是裁板，把整块玻璃划成一块块需要的成品。这门工作风险高，稍不注意，手上就会划伤，留下伤痕。

是同事的一次事故以及家人的规劝，让他告别工作了两年的玻璃厂。

他讲起这次事故，还心有余悸。

廖家和同事搬运玻璃，准备放到工作台上去裁板。在慢放过程中，玻璃向一边倒下，同事赶忙用手去挡，玻璃砸伤同事手腕，肌肉划伤，肌腱割断，露出腕骨，鲜红的血汩汩而出。

提及此事，廖家的眼前，都是汩汩而出的鲜血。

2014 年和 2015 年，廖家还是决心待在爸爸身边，让爸爸不再为自己担惊受怕。他跟着三爸学养鸡。

做任何事情都需要技术。农村有句老话，天干饿不死手艺人。可别小看了养鸡，它真的是门技术性很强的活儿。

三爸养了六千只鸡，因消毒不严，染上鸡瘟，最多的一天死几百上千只，看着鸡仔接二连三地倒下，三爸的心如针扎了般地疼。

廖家又与三爸的儿子合作，养了一千只公鸡，争取过年卖个好价钱。后来遭遇病毒，死掉了一大半。

他们是从正大公司买孵出来的小鸡回来养。先在烤房保温两三个月，接着给鸡打疫苗，切嘴夹，免得鸡打架被啄伤。点眼药水，防止眼睛鼻孔感染。鸡场周边隔三岔五要打消毒水。过两三个月，鸡仔长到三斤左右，母鸡上笼喂养，六七个月，母鸡开始生蛋。一年左右，不生蛋的母鸡就被淘汰掉。

后来政府出台新政策，石板滩镇属于限制养殖区域。廖家再也没养鸡了。而三爸的养鸡场只得限制规模，而且排污系统必须改善。

镇上补助部分资金，新挖了沼气池。沼气自家用不完，院子里相邻的人家都接上管子，用起来干净又卫生。

没事可做时，廖家也会到叔叔的汽修厂帮忙，打短工。

2016年11月24日，廖家身体不舒服，到新都西桥医院做DR胸片检查，医生告诉他，再也不能做油漆工了。

总不能天天闲着，还得找事干。查询网上招工信息，廖家将简历邮寄给位于龙泉驿区黄土镇的神龙汽车有限公司。通过面试，被录用。于2016年12月5日正式上班。

我到他家采访他时，他才上了几天班。他介绍说，试用期六个月，待遇还可以，含五险一金在内，月薪三千二百元。他做质检工作，以前有修车经历，对工作驾轻就熟，很快就适应了。

美中不足的是上班得穿劳保鞋，鞋子前端安装有钢板，重达两斤多，走起来夹脚。工作八小时，在流水线上走来走去的，脚酸痛得要命。

话出口，廖家转而一笑，不好意思地摸摸脑袋，这点痛算什么。

辍学七年来，廖家一直在寻找，适合自己的工作。在神龙汽车有限公司工作，也算他回到了他的老本行。

辍学七年来，廖家一直在奔跑，奔跑在自己梦想的路上。我祝愿他早日实现梦想。

二

东山五大场镇之首石板滩，位于成都平原与龙泉山系之丘陵地带，低山、浅丘、平坝兼有，其人口的98%系广东客家人，是客家文化浓厚、客家风情彰显的客家名镇。

冬天的五一村，小院林立，静谧安宁。一条条水泥路，犹如蜿蜒的灰白色带子，缠绕着独具特色的客家民居。田野葱绿，菜秧、麦苗、胡豆苗、豌豆苗，在红土壤里呈燎原之势，铺展一地的水绿。

竹林深处的廖家院落，历经岁月洗礼，依然保持有客家围拢屋的痕迹。

两层砖楼，呈一个长方形，围成一个"回"字，顺着亮一柱的回廊，可以通达每一间屋子。大门和堂屋正对，进大门的檐下，立有一道屏风，屏风正中开了个方形窗口，透过窗口，可以看见堂屋的摆设及会客情形。后来窗口封闭，张贴着一张花花绿绿的喜气年画，但窗口四围的痕迹犹在，宛如淡墨画上的一个方框。

天井里，映着一方晴朗的天空，不时有鸽群飞过，清脆的哨音滑向天际。几盆简单的绿色植物，蓬勃恣意地生长，在冬天里，依然洋溢着生机与活力。

客家围拢屋与川西民居四合院有相似之处，一道龙门，连接起院内院外。大门一关，院内自成一个世界，外界所有的喧嚣与浮华通通隔断。

在廖家堂屋里，我们围桌而坐，听他讲述在叔叔汽修厂工作时，那惊心动魄命悬一线的情景：

2011年5月的一天，加完夜班洗漱完后，我出厂去买方便面。返回走到离汽修厂大门四五百米的绿化带树荫下时，突然听到身后传来急促的脚步声，刚想回头看个究竟，双眼即被一双厚实的大手蒙住，眼前一片漆黑。

"糟了，遇上坏人了。"我心里一惊。

"把钱拿出来。"身后沉闷的话音响起。

我年轻气盛的小伙子一个，怕什么呀。兜里揣着辛辛苦苦挣来的五百元钱，咋能给你？

我在歹徒话音刚落的瞬间，反手出拳打在歹徒脸上，歹徒一声大叫后，双手松开，我极力摆脱。这时，我才发现旁边另一个歹徒扑过来，我一扭身，他的水果刀就刺在我的左腋下，我赶紧向厂区大门跑，被打了脸的歹徒又穷凶极恶地追赶上来，刀子在身旁挥舞。我急忙用手去挡，划伤我的左上臂。我极力呼救，一路狂奔，歹徒见势不妙，掉头逃窜得无影无踪。

前后就那么两三分钟的时间，我简直反应不过来，脑袋懵了。我打电话给堂哥，他马上开车出来接我。这时，我才发现左腋下的体恤鲜红一片，我赶紧脱下体恤去压伤口。

随后紧急送医的过程，我就昏昏沉沉、迷迷糊糊的了。

堂哥说，报警后，他将我送到工厂附近的一家骨科医院。在抢救室的无影灯下，我脸惨白，人事不省的，体恤被血浸湿完。医生做好止血处理后，安排120救护车将我连夜转到省人民医院。

好在我年轻，身体素质好，一个星期后痊愈出院。医疗费用七千多元，中国人寿保险报销了一千多元。

别看我现在这么壮实，小时候病痛可多了，常常和医院打交道。爸爸说，医病都医不起了，干脆买份保险保起吧。所以，这份保险就陪伴着我。

在家耍了半个多月，闲不住，我就去汽修厂上班，粘报纸，递工具，同事说我福大命大。叔叔赞扬我生命坚强，临危不惧，每月给我涨了五百元工资。

爸爸在医院照顾我的时候，老是埋怨我，"他要钱就给他嘛，好汉不吃眼前亏。"我据理力争，"爸，我做工时，布鞋湿了又干，干了又湿，脚都泡白了，那么辛苦挣来的钱，你说给不给？"爸爸沉默，摇头不语。"下次遇到这样的事情，我照样不给。"爸爸急忙打断我的话头，"别说不吉利的话嘛。"

廖家捋起衣服，手臂上的伤痕倒不明显，但腋下那个刀口，犹如一块胎记，永不磨灭。

虽然廖家严重负伤，虽然至今仍未破案，但廖家的正义、不屈、坚强就像火焰，在他心中熊熊燃烧。

三

每个人都有自己的黄金时代，我们热血满满，激情澎湃，以为整个世界都可以踩在自己脚下。我们有梦想，有动力，可年轻气盛的心中也容不下半点尘埃。

2016 年 3 月 7 日下午 6 点左右，廖家去医院看望生病住院的奶奶后，准备受邀到同学家吃晚饭。当驱车行至石板滩镇东风村路口时，一串紧急的"救命"声划破静谧的交叉路口。廖家本能地刹住车，不假思索飞快下车朝呼救的方向跑去。只见公路旁边的竹林里，一名三十岁左右的青年男子突然蹿出仓皇奔跑，一位身材瘦弱的年轻女性呆若木鸡瑟瑟发抖，满嘴鲜血神情无助。"她肯定遇上坏人了。"廖家迅速将女青年拉到自己车上坐好，转身前去追赶歹徒。

廖家不愧是读书时学校百米跑的冠军。此时的他，像极了追风的少年，饱满鼓胀的肌肉里，勃发的是扶危济困、匡扶正义，光天化日之下，岂能容许邪恶之人为非作歹？

"你做了啥？"廖家飞快拦住逃窜的青年。

"有个女的把我咬了，你带我去医院。"男子鼻翼，有殷红的鲜血在流。

"你做了啥你晓得，走，我们去派出所说清楚。"

青年一听"派出所"三个字，立即凶相毕露，从衣服里掏出了弹簧刀，挥舞着扑向廖家。

七八厘米长的弹簧刀，在夜幕里寒光凛凛。本想肉搏制服歹徒的廖家，面对穷凶极恶的歹徒，手无寸铁的廖家只得转身往停车地方跑。

歹徒亡了命似地紧追不舍，挥刀狂舞，嗷嗷大叫。

廖家跑到自己的车子边，还来不及上车，歹徒已扑到身边了。

于是戏剧性的一幕场景出现了。

廖家和歹徒围着车子跑圈圈。他左你左，他右你右，互相都能听见彼此的喘息声。

情况越来越紧急。好不容易看见一个年轻人路过，廖家紧急求救，央求他赶快报警。他撂下一句，"你自己报警。"就赶忙离开，像有什么东西会黏附在他身上似的。

偶尔有人经过，都像躲避瘟疫一样迅速离开。

寒冷的冬天，廖家感觉自己头上热气蒸腾。只有坚持和歹徒拼体力。随着时间的流逝，歹徒追赶的速度明显慢了，在这一刹那之间，廖家打开车门，跳上车，幸好当初没来得及熄火，他挂挡踩油门，车子启动，向派出所驶去。

派出所民警在廖家的配合下，迅速出警，很快将在路边紧走慢赶的歹徒挡获。

原来，女青年是当地幼儿园教师。事发当时，天色昏暗，薄暮四合。站牌下，她孤零零一个人，焦急地等待乘公交车回家。

突然从后面窜出一男性青年，身强力壮，抓住女老师的双手就将她朝旁边的竹林方向拉，一边拉一边威胁说："不许喊，我身上有刀，喊人我就杀死你。"面对突如其来的歹徒，女老师努力使自己镇定下来，一边大声呼喊"救命"，一边使出全身力气拖住不走，同时用额头撞歹徒的鼻子。歹徒鼻子被撞得鲜血直流仍不肯罢手。女老师又用牙齿咬歹徒的手，丧心病狂的歹徒居然不顾伤痛，死死拉住她朝竹林拖。

女老师满嘴是血，浑身大汗，力气迅速消耗，眼看歹徒就要得逞，此时的她孤独无助。但理智告诉她，一定要坚持，要大声呼救。

在剑拔弩张的关键时刻，终于等来了廖家，等来了置个人安危于不顾、挺身而出保护他人生命安全的廖家。

等事情处理完毕，廖家拖着疲惫的身体到同学家吃饭。同学的妈妈问他，"小廖，你是不是哪里不舒服，咋脸惨白？"廖家温暖的笑容绽放，他摇摇头说，"可能今天有点感冒。"

聚会结束，他回到家，躺在床上，他感到有些后怕，腋下的疤痕仿佛一跳一跳的疼。

生活照常继续。

当幼儿园的领导和女老师等一行人，经过一路打听，辗转将"见义勇为、弘扬正气"的锦旗送到廖家时，廖家的爷爷奶奶、爸爸以及左邻右舍才知道廖家的热血壮举。

心疼独子的爸爸，背地里对廖家说："少干点这个事，你还没吸取教训。"

廖家笑了笑，"我不帮她谁帮她。"

四

积善之家，必有余庆。

廖家的太爷爷，勤劳节俭，慈悲心善。一百零五岁了，还下地劳动，终日不辍。后来自知大限已到，二十多天不吃不喝，安然辞世。

廖家的爷爷奶奶，八十岁高龄了，还忙里忙外不亦乐乎。年轻时，开烧房，办粉坊，喂猪，一年四季奔波劳碌乐此不疲。如今，年迈体弱了，还侍弄着几亩地，养一头母猪。

廖家爷爷健谈，他秉持"不要当官，学技术为好"的耕读传家思想，后辈儿孙代代开花。

大孙儿廖家志，初中毕业之际，需要买一本复习书，镇上没有，爷爷带着孙儿到新都去买。书店里，孙儿坐着就不愿起来。工作人员前来催促，孙儿却说钱没带够不买了。爷爷诧异，孙儿说，我都记得到内容了，还买啥。

后来廖家志一直读到研究生毕业，有很好的从政机会，可他选择了技术工种，在一家集团公司从事产品开发。

说到小孙儿廖家，爷爷的关爱之情溢于言表。

"他三岁妈妈就走了，我们带大他不容易啊。现在最担心的就是他的工作，年轻人嘛，走点弯路很正常。现在我老了，我管不到了，只有他自己管自己。"

"你今天到我家来，烟都没你抽的。我们家族几十个人都不抽烟不喝酒，从不到店铺喝茶打牌。"

好的家风家规，影响着一个家族的发展和走向。

廖家，一个二十三岁的农村青年，作为第二代打工群体中的一员，他的未来也充满迷惘。

因为，第二代打工者，处在城市社会的文化边缘，又面临着较大的文化冲突。遭遇到城市难以改变的偏见和排斥，工作收入低且不稳定，权益受侵害的现象比较严重。城市并没有给他们提供公平的机会。随着社会竞争越来越激烈，他们无法向上提升自己，生活在一系列尖锐又集中的差距中，自卑、自尊、差别、迷惘逐渐在他们心里根植，在人生最为美好的阶段里，他们经历着其他同龄人不曾经历的压力和挣扎。

"好多像我这样的打工者，要么因为没有文化而找不到工作，要么嫌工厂上班辛苦不愿上班，就在外面做些违法乱纪的事情。我不想和他们一样。"

"努力是件非常美好的事情，是年轻人应该有的状态。我会努力让自己的未来变得美好！"

廖家，你的努力，终会开花！那些未曾到来的、正在日益清晰的、从心底升腾起来的渴望及那种始终雄心勃勃的进取状态，才是一个人不加炫耀却能格外耀眼的光环！

后 记

参加一个征文颁奖活动，见到了许多文学前辈，发觉已跟随他们多年。就是心中的理想不灭，就是文学的灵魂不死，让我坚持到了今天，尽管其间的酸甜苦辣、悲欢喜乐层叠交错，但我执着无悔。

想起20世纪80年代末90年代初那么一帮志同道合的文学爱好者们，欣逢文学百花盛开的年代，年轻的疯狂青春的放纵犹如杯杯烈酒，滚烫了每一个平淡的日子。

曾在乡下饮酒作诗，夏日的蛙鸣跳进梦里，如一串串音符缤纷了年少的梦境。那位以荷为诗的姑娘，在僻静的乡村用诗歌喂养了自己的青春年华。还有学生时代就追索文学的灵光，执着书写篇章的那位男孩，他们现在在哪里？在生活的哪方驿站流连？

也许，他们如同我一样为了生计在城市的森林穿梭，在滚滚红尘中尽享生活的辛酸与甜蜜。也许，他们仍像青春年少时矢志不渝地追求自己的梦想，仍丢弃不下青春年少时播下的那颗文学的种子。

一个年少的梦想，从此束缚了一生，幸福地甘愿套牢。我的文字情结，我的文学情缘，渗入血液，流向久远，影响终身！

谨以此书献给支持鼓励我的父母，我的妻子，我的儿子！

白兰华

2017年12月30日